先秦文學故事

【上冊】

先秦文學故事 上

目次

斷竹黃歌：原始的勞動歌謠

文學史上出現最早的文學樣式是詩歌，最早出現的詩歌是原始勞動歌謠。《吳越春秋》曾記載的孝子之歌，就是在許多文學史著作裡都稱之為「黃歌斷竹」或「斷竹黃歌」的一首詩歌，「黃」指的是黃帝時期。它詠唱了從砍伐竹子、製作彈弓到發射土丸、追擊野獸的整個狩獵勞動過程，這正是原始人類為尋求生存所進行的最基本的勞動實踐。

正如語言產生於勞動實踐，作為語言藝術的詩歌，也同樣是從勞動實踐中產生出來的。原始社會中，勞動是繁重的。原始人類為了生存，為了戰勝自然，便要進行集體勞動。在集體勞動的過程中，伴隨著勞動動作的節奏，人們往往自然而然地發出有節奏的呼聲，這種情況即使現在的集體性勞動如拉縴、砸夯等中也還存在，這就是勞動呼聲。在集體勞動中，這種呼聲具有很強的實際作用。一方面，在生理上適應並調劑著勞動者的呼吸，可以減輕勞動時的疲勞，使勞動過程能夠堅持長久；另一方面，在客觀上可以統一彼此的動作，使人們在集體勞動中能夠互相配合，從而提高勞動效率，增強勞動效果。這樣看來，勞動呼聲是在勞動中產生的，同時也是勞動的一部分，並在勞動中起著積極的作用。魯迅先生在《且介亭雜文》中也曾形象地說：

我們祖先的原始人，原是連話也不會說的，為了共同勞作，必須發表意見，才漸漸地練出複雜的聲音來。假如那時大家抬木頭，都覺得吃力了，卻想不到發表。其中一個叫道「杭育杭育」，那麼這就是創作，大家也要佩服應用的，這就有了出版，倘若用什麼記號留存下來，這就是文學。

這說明最早的文學創作，正是在集體勞動中根據勞動的需要產生的。

當然，僅是簡單的「邪許」、「杭育杭育」的呼聲，還不能算作真正的詩歌，它只是詩歌賴以產生的基礎。當這種勞動中的呼聲一旦與表達一定意義的語言相結合，或被一定的語言所代替的時候，語言便有了它的歌唱形式，呼聲也有了它的具體內容。

反映著勞動的內容，適應勞動的節奏，伴隨著勞動的韻律，詩歌就是這樣在人類最基本的勞動實踐中產生出來的。

當然，詩歌起源於勞動，卻不以勞動為所表現的唯一內容。作為原始社會生活的反映，它表現的生活和情感具有豐富性和廣泛性。比如在原始社會中，人類無法理解宇宙萬物的種種現象，便幻想存在著天神、地煞、人鬼，並且通過祭祀的方式，表現出自己的敬畏、祈求與願望。詩歌服務於這種儀式的需要，用詩的語言形式表現著初民的宗教思想，使祭祀活動的主題更加明確化。

原始藝術是歌謠與音樂、舞蹈同在，呈現詩、樂、舞三位一體的狀態。音樂仿效勞動中的音響而形成，舞蹈最初是勞動動作的模仿，詩歌是伴隨著勞動呼聲而產生，三者都表達著初民在勞動生活過程中的思想感情。正如《禮記‧樂記》所說：「詩，言其志也；歌，詠其言也；舞，動其容也。三者本於心，然後樂器從之。」因而，原始藝術中，詩、樂、舞總是相輔相成、緊密聯繫的。一九七三年，青海省大通縣孫家寨曾出土屬於仰韶文化類型的紋彩陶盆，上面繪有原始歌舞的圖案：「五人一組，手拉手，面向一致，頭側各有一斜道，似為發弁。每組外側兩人，一臂畫為兩道，似反映空著兩臂舞蹈動作較大而頻繁之意，上下體三道，接地面的兩豎道，為兩腿無疑。兩下腹體側的一道，似為飾物。」據學者們研究，這是先民們勞動之暇，在大樹下小湖邊或草地上正在歡樂地手拉手集體跳舞和唱歌。由此我們可以想象原始先民們伴隨著音樂（最初就是敲擊勞動工具發出的聲響）輕歌曼舞、載歌載舞的情景。

原始歌謠雖然很粗糙、單純，但作品中那種直面生活的勇氣、率真執著的情感和醇厚古樸的氣韻，已經為中國詩歌奠定了重要的基礎。中國詩歌正是在這樣的基礎上開拓創造，聳立起一座座文學的豐碑。

神話：天真兒童的幻想

在上古初民的眼裡，世界是神秘莫測而又殘酷無情的。他們對大自然所發生的各種現象，如日月運行、風雨雷電、季節遷移和洪水野獸等，產生了無數的疑問。他們如飢似渴地探索著宇宙萬物的奧秘，既想徹底了解自然，又想完全征服自然。但由於生產力的低下，他們不可能對所有事物都作出正確的解釋，因而他們很多時候、很多方面只能憑藉感性而質樸的思維方式去認識自然界。

神話產生的思想基礎是萬物有靈觀念。初民由於夢的啟示，產生了「靈魂」的觀念。人們在睡夢中可以到處行動，而醒來卻發現自己仍在原處。因此初民猜測在肉體之外，還有可以四處漫遊的靈魂。初民這種「靈魂」觀念擴而大之，便認為世界萬物都有靈魂存在，這就是萬物有靈觀念。

人們不滿足於解釋自然，還力圖藉助想象力征服和改造自然，所以又創造了有關改造自然的神話。中國神話的佳作也主要集中在這一領域。如女媧補天、鯀禹治水、后羿射日、精衛填海等。神話的主角往往有著無畏的精神、奇異的力量和寧死不屈的氣概。這些神話，實質是上古初民征服自然、改造自然的壯麗頌歌。

除了表現人與自然的神話外，隨著氏族制度的發展，又產生了反映初期社會關係的神話。如黃帝討伐蚩尤的〈涿鹿之戰〉、〈刑天舞干戚〉等，即是這類神話的代表。《山海經・海外西經》中刑天的故事，說刑天和天帝「爭神」，天帝砍斷他的頭，葬在常羊之山，他就「以乳為目，以臍為口，操干戚以舞」，要和天帝繼續戰鬥。這個故事很強烈地表現了初民的堅強意志和頑強不屈的鬥爭精神。

神話，作為原始人類特有的一種社會意識形態，它通過「幻想」的形式反映了那個時代的人類生活、思想感情和理想願望。但這種幻想並不是毫無根據的。神話的內容所反映的仍是自然界和當時社會，只是這種反映不屬於直接的、科學的反映，而是在原始人極其幼稚的觀念支配下，通過幻想的方式曲折地反映出來的。一些十分生動、美麗的神話故事，在我們今天看來，是一種極富想象力的文學藝術作品，但對當時原始人類來說，卻並非是一種有意識的藝術創作，而是他們對自然界和社會本身所作的自以為真實可信的描述和解釋。它告訴我們，原始人類是如何不屈不撓地與強大的自然力進行英勇的鬥爭的，是如何對未來的世界充滿了希望和美好的憧憬的。這種對未來世界的希望和憧憬，及由此而產生的幻想，對於他們那一時代社會生產的發展，以及對後世的人們，都成為一種推動和鼓舞力量。

上古神話作為人類童年時期的精神產品，對後世產生了深遠影響，不僅具有無可替代的史料價值，還具有多方面的認識價值，它們孕育著自然科學、歷史學、文學藝術、宗教觀念、哲學思想的萌芽。它在人類文化史上居於突出的地位，還對後世文學藝術的發展有重大影響。正如馬克思曾經指出：「希臘神話不只是希臘藝術的武庫，而且是它的土壤。」就中國而言，古代神話也是文學藝術的源頭。魯迅說：「不問小說或詩歌，其要素總離不開神話。」由於神話特別富於想象力，它更直接地成為浪漫主義的開端。

中國目前發現最早的神話小說《穆天子傳》，就是根據上古神話傳說寫作而成的。至於魏晉志怪小說、唐代傳奇、明清時代的神魔小說如《西遊記》等，都同神話有密切聯繫。「五四」以後，新文學也利用了古代神話這個「武庫」。魯迅《故事新編》、郭沫若《女神》、毛澤東詩詞中的神話運用，都說明神話影響的深遠。

總之，史學家從神話中發現其史學價值，文學家則從中得到了藝術哺育。神話是人類文化的發源，是多門學科的源頭。無論人類社會如何發展，人們都不會忘記它的「童年時代」，不會忘記它那一時期健康、純真的心靈所體現出的智慧和才華。所以，神話將在人類文化史上永遠放射出奪目的光彩。

盤古開天闢地的神話

古往今來，萬事萬物都存在於天地之間。天是那樣高遠，無邊無際；地是那樣遼闊，萬里無垠。那麼，天地最初的面貌是何種樣子？我們的祖先也曾帶著這樣的疑問，力圖對天地的形成作出解釋。然而，由於當時生產力及知識所限，他們無法找到正確的答案，但他們卻可以馳騁想象，用幻想的方式，描繪出一個充滿神奇色彩的世界，於是便有了盤古開天闢地的神話。

據說，在非常遙遠的古代，天地還沒有分開，宇宙是黑暗混沌的一團，很像一個雞蛋。就像雞蛋的中心有一個蛋黃，這個渾圓的東西也有一個中心，這中心就孕育了人類的祖先盤古氏。盤古在這大雞蛋中孕育著，生長著，這樣一直經歷了一萬八千年。有一天他好像忽然睡醒了，睜眼一看，四周只是漆黑模糊的一片。他感到十分煩悶，就親手製造了巨斧，然後朝著眼前的黑暗混沌用力一揮，「轟隆」一聲震耳欲聾的巨響之後，大雞蛋破裂了，盤古也像小雞一樣破殼而出。有些輕而清的物體徐徐上升，一天能升一丈，久而久之，逐漸形成了高遠的天空；重而濁的物體不斷下降，一天降一丈，久而久之，逐漸形成了遼闊的大地。

天地分開後盤古怕它們再合攏，就頭頂青天，腳踏大地，站在它們中間支撐著，身高也隨天地距離的變化而變化。漸漸的，天升得極高，地變得極厚，盤古的身體也長得極長，有九萬里那麼長。這個巍峨巨人像一尊巨大的擎天巨石雕像支撐在天地間，成了高大無比的英雄。他孤獨地站在那裡，做著十分辛苦的工作。有的神話中記載，盤古的喜怒哀樂帶來了自然界的變化。當他歡喜時，天空是晴朗的麗日藍天；當他發怒時，天空是陰沉的密布烏雲；當他哭泣時，淚水就化成了傾盆大雨，而雨水又匯流成江河湖海；當他嘆氣時，口中之氣變化成怒吼的狂風；當他眨一眨眼，天空就出現耀眼的閃電；而他睡覺時的鼾聲就是隆隆的雷鳴。不知經歷了多少年代，天和地在盤古的支撐下已經十分牢固了，他不用擔心它們再會合到一起，而他也已走到了生命的盡頭，倒下來死去了。

盤古臨死時，周身變成了天地萬物。他口裡呼出的氣變成了風和雲，他的聲音變成了雷霆，左眼變成了太陽，右眼變成了月亮，他的手足和身軀變成了大地四極和萬方的大山，他的血液變成了江河，筋脈變成了道路，肌肉變成了田土，他的頭髮和鬍鬚變成了天上的星星，他的皮膚和汗毛變成了花草樹木，他的牙齒、骨頭、骨髓等變成了閃光的金屬、堅硬的石頭、璀璨的珍珠玉石，他的汗水變成了雨露甘霖。盤古為開闢創造這個世界而生，為這個世界變得富足美麗而死，把所有的一切都獻給了這個世界。

盤古開天闢地的神話，在今天仍具有不可忽視的價值。儘管各種史料對盤古的記敘有所不同，但它們都表現出人們對盤古——這位中華民族始祖無限的崇敬和敬仰，他的無私無畏、鞠躬盡瘁、死而後已的獻身精神，成為中華民族寶貴的精神財富。從神話中我們還可以體悟出，我們的祖先已相信人的力量的偉大，肯定了人的意志。因此，這個神話以其宏偉的氣魄，縱橫的想象，在中國神話中具有崇高的地位。

女媧創世的不朽神話

在中國古代神話中，女媧是一個神通廣大的女神，她是原始人在同自然鬥爭中用「想象」創造的英雄形象，是我們祖先征服自然的理想和力量的化身。她不僅「摶黃土以作人」，而且「煉五色石以補蒼天」。為了使世界充滿蓬勃的生氣，以便有與自然相抗衡的力量，她創造了人類；為了使人類擺脫肆虐的自然威脅，給人類創造一個美好的環境，她又拯救了人類。

傳說天地開闢之後，天空中有風雲雷電，大地上也有了山川草木、鳥獸蟲魚，但卻沒有人類，世間仍然十分荒涼。盤古之後不知過了多少年，出現了一個神人，名叫女媧。她一個人在這天地之間生活了不知多少年，越來越感到孤獨寂寞，就想造出一批人類，和她一起生活。她前思後想，突然靈機一動：器皿可以用泥土做成，人為什麼不能？於是她選好地點，用水和好了黃泥，用黃泥捏起人來。說也奇怪，女媧捏的泥人在手中怎麼捏都是泥人，但一放到地上便成了活蹦亂跳、會說會笑的活人。她既感到驚訝，又充滿欣慰，於是不知不覺地加快了手中的工作，一會兒捏個女的，一會兒捏個男的，一時間她身邊已圍滿了歡笑叫嚷的人群。

女媧工作了許久，泥人被一批批捏出來，又或單獨或結伴地走到各處。但天地這樣廣闊，多少個人才能充滿其間啊！漸漸地她感到疲倦不堪。像是舒展筋骨，又像是發洩內心的煩惱，她順手拿起一條繩索，向泥土抽去，泥土隨之四濺。說來更怪，那些濺起來的大團小粒的黃泥，也都變成了一個個大大小小的活人。這方法既省力，又快捷，大地上不久就佈滿了人類的蹤跡。

天本來是圓圓的，而地則是方方的，天像個圓形的屋頂一樣，在四根極粗壯的柱子支撐下籠蓋著大地。日出日落，鬥轉星移，人們在這樣的環境下自由自在地生活。但突然有一天，不知什麼原因，世界頃刻間發生了巨大變化：天柱失去了擎天的偉力，天搖搖晃晃，好像要坍塌下來似的；天上出現了一個個巨大的窟窿，無法籠蓋住下面的大地；大地上也出現了許多裂縫，有的地方甚至陷落下去，無法負載著上面的生靈；山林裡火光沖天，野火蔓延不止；暴雨連綿不斷，洪水滔滔不息；更有野獸兇禽，或橫行天下，或直衝人間，殘害人類。總之，從天到地，從火到水，從無生物到有生物，整個宇宙充滿危機，人類在這樣的處境中已經無法生存下去。

女媧創造的人類，給大自然帶來了勃勃生機。而這一次大變故，不僅打亂了自然的安寧與秩序，也給她的孩子們造成了慘重的災難。這位人類的母親痛心極了，她決心修補蒼天，拯救人類。她首先點燃了一堆一堆的蘆柴，來燒煉五種顏色的石塊，用它們一塊一塊地填補天上的窟窿；然後又從海裡捉來一隻巨大的烏龜，斬下它的四條腿，來替換天柱。而對於興風作浪造成洪火災的「水精」黑龍，女媧為從根本上解決洪水之災，歷盡千辛萬苦，終於將它殺死。殘存的積水，使用蘆葦灰來堙塞。經過女媧的努力，蒼天補好了，四極穩固了，洪水乾涸了，中原的災害消除了，猛獸凶禽被殺死了，善良的人民獲得了新生。由於有這樣的生存環境，又有懷抱青天、背負大地、胸襟博大、以拯救天下為己任的女媧的行為和品格的威懾作用，因而人類世界出現了無憂無慮、怡然自得的昇平景象，甚至連殘存的凶禽猛獸和大小害人動物，也都被她的威力所懾服，藏匿起利爪銳牙和體內的毒汁，再也沒有攫食人類之心。

在神話中，女媧不僅創造了人類，還建立了婚姻制度。傳說女媧在神廟禱告，祈求天神讓她做媒，使人類男女婚配，繁衍後代。於是，女媧便成為人類最早的媒人，後人把她奉為高媒，即神媒，也就是婚姻之神。

黃帝與蚩尤的決鬥較量

黃帝是中國古代黃河流域一個部族聯盟的首領，他是中國歷史上第一個優秀的領袖，是中華民族的祖先。

據說黃帝姓孫（也有人說他姓姬），名叫軒轅。他天生聰慧，很小便學會了說話，並懂得了許多道理。長大成人後，因為他熱心為部族人服務，所以被推舉為部族首領。他領導部族中的群眾，改變了遊獵生活方式，並教大家修蓋房屋，馴養家畜，種植五穀，在黃河流域定居下來。為了便利兩岸的交通，黃帝還創製了船和車。為了便於與其他部族打仗，他教會大家用玉敲磨成各種兵器。黃帝還讓史官倉頡創造文字，並且當時部族在紀年、音樂、醫術、繅絲等方面，都取得了很大成就。通過許許多多傳說，我們可以看到，在黃帝時期，我們的祖先已開始過文明的生活，並進入了新石器時代的鼎盛時期。

在黃帝部族開始進入文明時代的時候，中華大地上還存在著許多其他部族。黃河流域的西北方有一個部族，首領姓姜，被稱作炎帝。炎帝部族看到黃河中游一帶水土肥沃，就逐漸向東南遷徙。他們來到了黃河中游，與已經在那裡的九黎部族發生了大規模的衝突，在阪泉打了一仗。

阪泉位於現在的河北省涿鹿縣東南一帶，地勢十分險要。炎帝部族和黃帝部族各自佔領了有利地形。後來，雙方進行交戰，打得十分激烈。他們之間共經歷了三次大規模的戰鬥，結果黃帝打敗了炎帝。炎帝俯首稱臣，甘心服輸，並同意把自己的部族同黃帝的部族合併，由黃帝擔任合併後黃炎部族的首領，炎帝擔任副首領。這個黃炎部族就是中華民族最早的雛形。所以中國人也常常稱自己是炎黃子孫。

黃帝部族和炎帝部族合併以後，炎帝要求黃帝幫他洗雪當初被九黎部族戰敗的恥辱，報仇雪恨。就在此時，九黎部族正在向東南遷徙，嚴重威脅了炎黃部族的安全。九黎部族的首領以為自己曾經戰勝過炎帝，因而洋洋自得，趾高氣揚，根本就沒把黃炎部族放在眼裡。

相傳九黎部族首領蚩尤，也是一個十分了不起的人物。他共有兄弟八十一人。個個都是人面獸身，銅頭鐵額，長著八條粗壯有力的胳膊，臉上還有各種各樣的花紋，能夠以沙石作為食物。從傳說中可以看得出，九黎部族在當時還比較落後，處於野蠻時期。

黃帝為了抵抗九黎部族的入侵，同時也要為炎帝部族一洗前仇，所以做了十分充分的準備。他與炎帝一起帶領眾人準備武器，磨礪出許多石刀、石斧，訓練出了一支強有力的精銳部隊。黃帝以野獸的名字命名這支部隊的各個分隊，虎隊的首領身披虎皮，豹隊的首領身披豹皮，利用凶悍的野獸來壯自己的聲勢、威懾敵人。黃帝與炎帝共同制訂了周密的作戰計劃，一場驚天動地的大戰，已經準備就緒。

戰爭終於在涿鹿爆發。

蚩尤和他的八十一個兄弟氣勢洶洶，來者不善，而黃帝和炎帝也帶領虎豹熊羆作先鋒，雙方都請來天神助戰。

大戰一開始，黃帝首先利用水攻。他命令應龍擔任大將，截斷江河，準備用大水淹死蚩尤。蚩尤也非等閒之輩，他已請來了風伯雨師，讓他們刮起大風，下起大雨，頓時遍地飛沙走石，江河波濤洶湧。看到蚩尤呼風喚雨，黃帝就請出女神旱魃，讓她用強烈的陽光和乾燥的狂風，與蚩尤的大雨和狂風對抗。雙方在首次會合中，旗鼓相當，黃帝略勝一籌。

蚩尤一計不成，又生一計，施展絕招，採用「霧戰」。濃霧一起，遮天蔽日，三天三夜，濃霧不散。黃炎部族的人在伸手不見五指的大霧中迷失了方向，無法發現敵方的部隊，就連自己部族的人也失散了。形勢對黃帝十分不利。黃帝苦思冥想之後，派其手下的大將風後，讓他依照天上北斗星的斗杓能指示方向的原理，製造指南車，用以辨明方向。風後不負眾望，及時造出了指南車。他們依靠指南車，認定蚩尤大本營的方向，集中力量，發動了一次有決定意義的全面進攻。

炎黃部族的軍隊在濃霧中悄無聲息地向前挺進。此時的蚩尤，完全放鬆了對炎黃部族軍隊的防範，得意洋洋，以為黃炎部族一定在濃霧中迷失了方向，動彈不得，只能坐以待斃了。完全沒有想到，黃帝利用他的聰明智慧和部下的團結一致，依靠指南車的幫助，衝到了自己的大本營前。只聽得濃霧之中，殺聲震天，蚩尤的部眾在完全沒有準備的情況下，大都死於黃帝部眾的石刀、石斧之下。蚩尤再想集結隊伍抵抗已經來不及了，他終於被打翻在地，成了黃帝的俘虜。樹倒猢猻散，九黎的部眾大部分投降，少部分逃到了南方的海邊和海島上。

黃帝在戰爭中大獲全勝。他捉住了蚩尤，派應龍把蚩尤押到了一個叫兇黎之谷的地方，砍掉了他的頭顱。黃帝和炎帝還把投降的九黎部族全部併入了炎部族。那些不肯投降的九黎部族的殘部，在南方的海邊和海島上，繼續生息繁衍，成為後來黎族的祖先。

從歷史學的觀點看，炎黃部族在和蚩尤的較量中獲勝，是先進部族戰勝野蠻部族的一個生動的故事。這個神話雖然充滿了仇恨和血腥，卻也為我們了解中國悠久的歷史，提供了生動的史料。神話中的蚩尤是兇殘暴虐的，黃帝則一直是氏族的顯赫英雄和正義的象徵。

悲壯崇高的夸父逐日

中國古代著名神話〈夸父逐日〉，為我們描繪了一幅悲壯的圖景：夸父以無比的英雄氣概去追趕太陽，雖然追上了太陽，但終因劇渴而死。但他的手杖卻化作了鬱鬱蔥蔥的桃林，長留在人間。

這則神話運用誇張的方法塑造人物形象，這也是原始神話的一個共同特色。這裡的夸父是個人，他一口氣喝乾了黃河、渭水，尚且不足；他的一根手杖竟化作綿延數千里、造福數萬年的桃林，使人設想他的身軀該有多大！神話的創造者馳騁豐富的想象，而這種想象在整個故事裡又表現得如此和諧，獲得了美的藝術效果。是的，因為要與太陽一比高下，進入太陽，探索太陽的人需要喝乾黃河、渭水，不是很成比例嗎？這種神奇美妙的想象構成了這則神話的浪漫主義基調。別林斯基說過：「體力的偉大是使人們意識到生活和生活魅力的第一個因素，於是出現了無窮無盡的強有力的英雄勇士。他們用桶喝酒，吃掉整隻羊，有時是整隻牛。」夸父正是這樣一個英雄！古代人民塑造這樣一位巨人，正是意識到要戰勝大自然，自己就要首先成為強者。因此，夸父實際就是古代人民為自己塑造的偉大形象。

這個形象，反映了原始人對自然界的探求精神，也反映了原始人在徵服自然的鬥爭中所具有的堅毅精神。〈夸父逐日〉描寫的是一場奇特的鬥爭，一方是普照萬物、酷熱炎炎的太陽，一方是拄著拐杖的老人，而這個老人，居然要在拐杖的扶持之下去追趕太陽！兩相比較，真是太懸殊了。在追趕太陽的過程中，夸父遇到的困難是巨大的，上面是陽光炙烤，下面有體力、水分的消耗，自然奇渴無比。而神話卻寫他在「入日」以後才感到口渴難忍，竟至因渴而致死。這進一步說明夸父是如何逐日的——他為了爭取時間，緊緊地追趕著太陽，消耗了巨大的體力，忍受了奇渴的困擾，竭盡全力絕不稍停半步。正是在這種懸殊的對比中，在這種戰勝艱難險阻的鬥爭中，才反映了夸父的抱負是何等偉大，他的決心是何等堅強，他的毅力是何等驚人，他的氣概是何等雄壯！正如馬克思說，神話「具有人類童年的天真」，但它的可貴也正在這裡。因為在這「人類童年的天真」裡蘊涵著一種戰勝自然的雄心壯志和追求理想的不屈不撓的抗爭精神。

這個形象，具有濃重的悲劇精神和鼓舞人心的力量。為了探索太陽的奧秘，從而掌握它，征服它，夸父不辭辛苦，頑強不屈，抗爭到底。但是由於生產力水平和人的認識能力的低下，強大的客觀自然又以一種盲目的必然力量壓倒原始人的主體力量，使人失敗、死亡，造成悲劇。但從猿到人億萬年的實踐經驗，又牢固地潛藏在先民的意識之中：人類只有自強不息，才有生路。夸父在與太陽的較量中雖然犧牲了自己的生命，但這形體的毀滅，個體生命的結束，並不是鬥爭的結局，神話又以生命換形的方式，讓夸父的手杖變化成為鬱鬱蔥蔥的桃林，來養育人民，讓人民繼續與大自然鬥爭，從而創造出一種死而不已、奮鬥不息的悲壯崇高的藝術境界，表現出一種不屈不撓的精神，這種精神將永遠教育後人，永遠鼓舞人心。

表現不屈精神的精衛填海

這是一個神奇、美麗、動人的故事，它通過美麗的少女化為小鳥，誓向大海復仇的悲壯描述，表現了遠古人民的堅韌意志和頑強不屈的鬥爭精神。故事中的主人公女娃是炎帝的女兒，炎帝就是嚐百草、教人耕作的神農氏。炎帝共有四個女兒，女娃是他的小女兒。一次，她乘著小船，到東海去遊玩，一個大浪襲來，導致船翻人亡。女娃死後，變成一只美麗的小鳥。鳥的形狀像烏鴉，頭上長著美麗的花紋，並且是白色的嘴，紅色的腳，名字叫精衛。精衛痛恨無情的大海奪去了自己年輕的生命，她要報仇雪恨。因此，她一刻不停地從她住的發鳩山上銜了一粒小石子，展翅高飛，一直飛到東海投下，想把大海填平……

如果說夸父逐日是對人們征服太陽的謳歌，鯀禹治水是對戰勝洪水的讚美，而精衛填海則是對徵服大海的頌揚。在遠古之時，由於生產力低下，自然災害往往威脅著人類的生命：

旱災奪走人們的性命，洪水毀壞人們的家園，無情的大海又使無數人葬身魚腹。大海的遼闊無際，波濤洶湧和氣候多變，造成了交通的阻隔。初民為了跨越大海，曾製造了竹筏、小木船，但這些簡陋的交通工具在海洋的狂風巨浪面前，顯得那樣渺小和不安全。所以初民期望消除海洋給人類造成的威脅。他們想征服大海，改造大海，便創造出〈精衛填海〉這一神話，並為我們塑造了精衛的動人形象。這一形象之所以動人，就在於它從外到內表現出來的美。

　　這則神話為我們描繪出這樣一幅圖畫：舉目遠望，大海浩瀚無邊，深不可測，而在這無垠的大海之上，飛翔著一隻小鳥。這隻小鳥居然要用它細小的嘴，銜來木石，將這奪走它青春和生命的大海填平。這是一場力量多麼懸殊的較量！而越凸現出精衛復仇艱難不易，也就越突出其決心之大蓋過滄海，正反映了精衛鳥遠大的志向，豪邁的氣概，驚人的毅力。這看似天真的行為卻是如此可愛和可信。

　　由此，令我們聯想到《列子》中「愚公移山」的故事，兩個故事雖然內容不同，精神卻是極其相似！一個年邁體衰，面對的是雄偉高大的山脈；一個瘦小脆弱，面對的是無邊無際的大海。愚公立志移走高山，精衛發誓填平大海，表現出的都是同大自然鬥爭到底的不屈精神，體現了我們祖先艱苦卓絕、銳意進取的浩然正氣。

這個神話又同夸父逐日一樣，都具有濃重的悲劇色彩，它們都把有價值的東西毀滅給人看。夸父和女娃的死固然使我們痛心難過，卻不使我們頹廢消沉，因為他們死去的是肉體，不朽的是精神。夸父拐杖化成的桃林恩澤後世，女娃化成的小鳥立志填海，正是這一精神的體現。

一隻小鳥要去填平洶湧澎湃、波浪滔天的大海，看似有些荒誕無稽，幼稚可笑，但它所表現出的死而不屈、頑強到底的精神卻是一種巨大的力量，從中表現出的理想、渴望、不屈的精神，是先民留給人們最神聖的遺產。所以千百年來，這個神話故事感動著後人，教育著後人，不知多少文人墨客讚頌精衛，以抒情言志。

神箭手后羿的頌歌

相傳在帝堯之時，曾出現十個太陽同時升入中天的情況，人間出現了罕見的旱災。大地上江河斷流，草木枯萎，禾稼不生，顆粒無收。人們無糧可食，無水可飲，飢渴難挨。而那些吃人的怪獸人形怪物、能噴水吐火的怪物、興起大風的怪鳥、大野豬、大蟒，也都盡逞威風，一起危害百姓。人類面臨著巨大的威脅。

旱災是亟待解決的問題，而解除旱災的關鍵是減少太陽。然而，這十個太陽卻是天帝帝俊之子。相傳在南海之外，甘水之間，有一個女子名叫羲和，東方天帝帝俊娶她為妻，共生了十個孩子，即十個太陽。他們都居住於大海中的扶桑樹上。本來一個居於樹頂，其他九個棲於樹枝，輪流值班。在帝堯之時，這十個孩子也許是太頑皮，互不相讓，爭著值班，便出現了十個太陽同時出現的情況。

人們面對著飢渴、乾旱的災難，苦苦尋求救世良方。有人求女巫到丈夫山上去祈雨，女巫跪於山巔，苦苦祈禱，天空卻不曾出現半點雲影。有個叫「女丑」的巫者，因為無法承受十個太陽的炙烤，被活活曬死。

帝堯無奈，只好祈禱上蒼，希望上蒼垂憐他的那些備受煎熬的子民。帝俊對孩子們的胡作非為亦十分生氣，但又無可奈何。最後，他下定決心，懲戒這些搗蛋鬼。於是他派了一個長於射箭的天神后羿到人間，給這些頑童以警告，並讓他幫助帝堯解決其他困難。

后羿的威名，神人共知。后羿心裡明白，帝俊並不想讓他傷害他的孩子們，只不過想讓他去震懾他們一下。后羿與帝俊辭行，帝俊賜給后羿一把紅光耀眼的神弓，一袋潔白如雪的利箭。后羿便來到人間。

人們聞聽後羿的到來，非常高興。他們雖然已骨瘦如柴，奄奄一息，卻相互攙扶，雲集廣場，大聲歡呼，歡迎救世的英雄。后羿見到人們的苦難，憐憫之情油然而生。而十個不知天高地厚的太陽依然高居天上，毫無悔過之意。人們呼叫後羿的名字，后羿清楚人們的渴望。他忍無可忍，決心一定要除掉禍害，拯救人民，因為這是他義不容辭的責任。

只見后羿闊步走到廣場中央，緩緩地摘下紅色神弓，抽出潔白閃亮的利箭，把箭尾搭上了弓弦，彎弓如滿月，對準天上的火球，一箭射出，一個太陽應聲炸裂，鮮紅的火苗在空中亂竄，金色的羽毛從空中飄落下來。頃刻，一隻三足巨烏「砰」的一聲，砸落在地上。這就是背負太陽在天空中巡行的神烏「三足烏」。

后羿看到已闖下大禍，便決心把這些惡少全都射下來，一勞永逸。其他九個太陽見后羿果真敢射殺他們，就倉皇逃竄，而后羿的神箭似流星般飛去，只聽得隨著「嗖嗖」的箭聲，空中火球先後破裂，流火把藍天燒成了赤紅，金色的羽毛在天空中飛舞。站在土壇上的帝堯突然想到，如果把十個太陽全部射下來，人間將面臨無盡的黑夜，於是急忙派人從后羿的箭袋中暗中抽出一支箭，太陽才最終剩下一個。

后羿射落九個太陽後，人間又重新煥發了生機，但危害人民的猛禽惡獸還沒有除去，后羿拯救人間為民除害的任務還沒有完成。

猰貐原是上天諸神之一，因被他神謀害，得昆侖山的巫師救治，才化成龍頭、虎爪、牛身、馬足的怪獸，專門以人為食，吃人無數，令人心驚膽寒。後羿到中原找到了猰貐，殺掉了這個惡獸。

后羿不顧疲勞，又奔走到南方叫疇華的地方，剷除名叫鑿齒的怪物。這個怪物人身獸頭，其嘴中能夠吐出一隻長約五六尺狀如鑿子的巨齒，這是他最有力的武器，不知多少人死於他的長牙之下。后羿卻毫不畏懼，與鑿齒展開了殊死搏鬥。他憑著勇敢和機智，不容鑿齒近身，終於射殺了這個怪獸。

后羿又轉戰於北方的凶水，這裡有一隻長著九個腦袋、名叫「九嬰」的怪獸。他九個頭都能吐出水和火，給人們帶來了許多災難。兇悍的九嬰並未嚇倒后羿，后羿於兇水之上與九嬰展開激戰。九嬰吐水噴火，后羿箭無虛發，只見波浪滔天，煙雲慘淡，九嬰雖凶猛，卻終敵不過后羿的神勇，被射死於兇水之中。

在南方深山密林、河汊湖泊之中，毒蛇橫行。特別是有一種可怕的修蛇，長達數百丈，一口可以吞下一隻大象，三年後才把消化後的象骨頭吐出來。後來，修蛇行游至洞庭湖，在那裡興風作浪。他把漁船掀翻，不知多少漁夫葬身蛇腹。傍水而居的人們生活受到嚴重影響。后羿要斬除這條巨蛇困難重重，但為人民除害的決心使他一往無前。他駕著一葉扁舟，在波濤中尋找。修蛇也明知在劫難逃，所以就拼死迎戰。它昂著頭，吐出長舌，在湖水中掀起滔天巨浪，向後羿的船猛衝過來。后羿彎弓搭箭，對準巨蛇，連發數箭。巨蛇雖身受重傷，依然負隅頑抗，逼近后羿的船身，妄圖掀翻小船。后羿拔出隨身佩帶的利劍，和修蛇纏鬥在一起。蛇血染紅了湖水，腥臭之氣瀰散了數十里。最終大蛇筋疲力盡，被後羿斬成了數段。岸上漁民歡呼之聲震天動地。據說人們把巨蛇的屍骨打撈出來，堆成了山陵，這就是現在的「巴陵」。

后羿後來又除掉了名叫「大風」的巨鳥和叫「封豨」的大野豬。用箭射瞎了鼓動狂風巨浪造成洪水氾濫的河伯的眼睛。后羿射九日，繳大風，射河伯，誅鑿齒，殺九嬰，斬猰貐，斷修蛇，擒封豨，立下卓越功勳，贏得了人們的崇敬和追懷。他被中國人奉為宗布神，統轄天下萬鬼，使鬼魅不敢為害人间。

關於后羿的神話，形象塑造豐滿，故事十分曲折。後羿的來歷、使命、本領、業績以及人們對他的傳頌，都在神話中交代得清清楚楚，這在上古神話中是少見的。后羿是一個手持弓箭的神射手，從有關后羿的傳說中，我們可以看到弓箭在后羿為民除害中立下的功勞。這個故事正表現了遠古人類對勞動工具的讚美，同時也反映了人們征服自然、戰勝自然災害的強烈願望，熱情地歌頌了英雄后羿。這是一首弓箭與射手的頌歌，它將代代相傳，流芳百世。

鯀：中國的普羅米修斯

在上古時期，人與自然的矛盾是社會的主要矛盾，因而世界各民族的神話，都創造出許許多多人與自然鬥爭的可歌可泣的故事，塑造了眾多神話英雄形象。有的壯懷激烈，有的雖敗猶榮。鯀和普羅米修斯便是中西神話塑造的兩個悲劇英雄形象。

傳說在堯的時代，人類經歷了一場洪水的災難。當時，世界浩浩渺渺，汪洋一片。由於洪水氾濫，因而田地荒蕪，野草橫生，怪獸當道，猛禽淩空。可憐的人們沒有居住的地方，只好攀援上樹，像鳥雀一樣築巢棲身；或者爬上高山，像野獸一樣躲藏在洞穴之中。

面對人們遭受的這些厄運，作為天子的堯真是憂心如焚。為了解救人們的疾苦，他召集四大山神及各路諸侯來商議對策。他說：「諸位首領，如今洪水滔天，為害多日，田園被毀滅，山陵被侵吞，百姓正在受苦受難，誰能夠去治理洪水呢？」大家一致推薦了鯀。堯卻搖著頭嘆道：「恐怕不行吧。這個人總是違背天命，會被誅滅九族的。」眾人說：「雖然如此，但沒有第二個人有這樣的勇力，就叫他試試看吧。」堯仔細想了想，也確實如此，於是就這樣決定下來了。臨行，他告誡鯀說：「治理洪水不是一件容易的事，你要善於採納眾人的意見，認真思考，小心做事。」鯀應命而去。

史書上記載，鯀是堯的時候封在「崇」（今陝西祁縣東）這個地方的首領，叫做「伯」，所以人們稱他「崇伯鯀」或「有崇伯鯀」。鯀是個剛直之人，最受不了人們滿含痛苦的淚眼。於是他首先奔赴天庭，請求天帝收回漫野的洪水，赦免人民的罪過，還給人民安定的生活，但沒有奏效。洪水仍在蔓延，禽獸仍在肆虐，人民依然生活在水深火熱之中。

鯀哀憐人民的痛苦，決心自己想辦法來平息洪水。但是滔天的洪水已經瀰漫了世界，從哪裡下手才能夠制服它呢？情急之中，他想到了平時人們取土墊低濕之地的情景，於是他首先壅土擋水，把高地的土墊在低處，堵塞百川。結果是地越墊越高，而洪水卻不但填塞不了，反而越漲越大。這樣治水九年，卻不見成效。洪水仍然氾濫不止，鯀有些無可奈何。正在他煩悶憂愁的時候，一隻貓頭鷹和一隻烏龜互相拖拉著經過這裡，他們問鯀為什麼悶悶不樂，鯀就把憂煩的緣故告訴了他們。貓頭鷹和烏龜停下腳步，同鯀一起商量治水的事。他們建議盜取天庭寶物「息壤」來堙塞洪水。鯀深知此舉的罪責，但水火不留情，天帝又專橫跋黿，自己只有這一選擇了。

息壤是天帝的至寶，既封藏得十分嚴密，又有勇猛的神靈守護。但鯀卻排除萬難，終於把他寄予極大希望的息壤偷取到手。

這息壤土果然靈妙，把它撒向何處，那裡就會積土成山，築起一座座堤壩，而且隨水的上漲而自動增高。原本洶湧的洪水這下不僅不再逞兇，而且還會在泥土中逐漸乾涸。於是一種新的景象出現了：洪水漸漸退去，代之而來的是大地上一片片的綠野；住在樹上和山上的人們，紛紛出來，歡呼著準備重建家園。

但不幸的是，就在洪水快要平息的時候，鯀竊息壤的事終於被天帝知道了。天帝勃然大怒，派了獸面人身的火神祝融，前來懲辦違犯天條的鯀，將鯀殺死在羽山，並取回了息壤土。於是洪水又蔓延回來，氾濫在大地各處。

鯀抱著拯救人類的理想來治理洪水，卻惹怒了天帝，招來殺身之禍。他死不瞑目，不是為了自己的被殺，而是為了自己的事業還沒有成功，為了自己的理想還沒有實現，為了人民還生活在苦難之中！正是由於有這樣一種強烈的情緒在支撐著，因而他的精魂不死，他的屍體竟然三年不爛。

鯀死三年而不爛的奇事很快被天帝知道了。天帝怕他將來變成精怪，與自己做對，便又派祝融帶著天下最鋒利的「吳刀」，剖開鯀的肚子，看個究竟。誰知這一刀下去，更奇怪的事發生了：從鯀被剖開的肚子裡，忽然跳出一個人來，頭上長著一對尖利的角——這就是鯀的兒子禹。禹後來繼承父志，終於完成了治水的大業。而鯀的內心有了寄託，也就變成了一條黃龍，潛入了羽山下的深淵。

鯀為了拯救人類，不怕冒犯天帝而竊取息壤，並且最後付出了生命的代價。無獨有偶，這種充滿大無畏精神和以悲劇結局的故事，在希臘神話中也有，這就是普羅米修斯的故事。

大禹治水的古老神話

大禹接受了治水的任務之後，決定先進行實地考察，然後再對症下藥，進行治理。於是他帶領益、後稷等人，踏遍了水害嚴重的九個州，跋山涉水，測量地勢高低，分別豎立木樁作為標記，然後根據調查來的資料，制定治水的計劃。

禹治水工作很順利，卻惹怒了水神共工。共工本是奉天帝之命興動洪水來懲罰下民的，而現在禹居然來治水，共工當然要與之對抗。於是共工掀起滔天的洪水，從西到東，滾滾而來，一直淹到今山東境內的空桑一帶。而當時，黃河的龍門尚未打開，呂梁山也擋著黃河的去路，水神共工正好借勢興濤作浪，造成洪水氾濫，大地成為汪洋一片。人們被迫登上丘陵，爬上大樹。

這使禹意識到，要平治洪水，必須先除去興風作浪、為害人民的罪魁，才能從根本上解決問題。為了徹底擊敗共工，禹在會稽山匯合天下群神，共商大計。諸神都按期來到，只有防風氏不遵約束，逾期到達。為了嚴明紀律，統一號令，禹便將防風氏斬首示眾。據說防風氏的身軀非常龐大，每個骨節都得用一輛車子裝載，由此可見禹召集的群神具有何等偉力！

禹正是率領這樣一群威武的天神，很快打敗並趕跑了水神共工，從而堵住了洪水之源。接下來，便著手排除各地的洪水。他先叫一隻大黑烏龜背著息壤，跑在自己後面，按照他的命令撒下神土，填平了極深的洪泉，加高了人類居住的土地。然後，他改變了父親「水來土掩」的簡單辦法，開掘溝渠，疏導積水。他又讓會飛的應龍根據地勢，利用水性，用尾巴劃出水道，使洪水流向江河，使江河流向大海。當禹治水到黃河的時候，正在高崖上觀察水情，忽然看見一個身材高大、白臉魚身的怪人，從黃河中騰躍而出。那怪人自稱為「河精」，送給了禹一塊水淋淋的石頭，又轉身跳入河水深處。禹很奇怪，仔細一看，原來石頭上刻畫著一些彎彎曲曲的線條，這就是「河圖」，標示著治理河水的整體脈絡。

雖然有河圖作參考，又有應龍拿尾巴開路，但許多具體的艱苦工作，還必須禹率領眾人去做。禹親自做工，成為人們的楷模。他臉顧不上洗，插在頭髮上的簪掉了也來不及揀，鞋子掉了也不去穿，手上長滿了老繭，腳上長滿了腳墊。由於長年累月地泡在水裡，腳趾甲都脫落了，小腿上的汗毛也磨光了。他還得了「偏枯」之症，走路時，左腳越不過右腳，右腳邁不過左腳，只能一步一步地前腿拖著後腿走。

為了治理洪水，禹到三十歲還沒有娶妻。來到塗山時，他突然感到自己年齡已很大了，恐怕不能得到子嗣。於是他向神禱告說：「如果您要我婚娶，就請把神物顯示給我吧！」果然，就有一匹九尾白狐出現在他面前。這種狐狸，生長在東方君子國附近的青丘國。看到它，禹就想：白色是我服裝的顏色，九條尾巴是王者的象徵，這正應了本地流傳的一首民歌：「那尋覓配偶的白狐，生著九條肥大的尾巴，誰見了他可以做王，誰娶了塗山的女兒，就可以昌盛興旺。」這狐狸的出現和民間歌謠的流傳，或者正是暗示我將在這裡結婚吧！

塗山有個姑娘，名叫女嬌，嫻雅秀美，禹一見到便愛上了她。但治水工作的緊迫，使他來不及表達愛情，便匆匆地到南方巡視災情去了。女嬌了解到禹的這份情義，心中也早已充滿愛戀之意。於是她派了一個使女到塗山的南麓等待著禹的歸來。長久的等待，使塗山女由相思而憂愁不已，便唱了一首歌：「候人兮猗！」（「等待人啊，多麼長久喲！」）據說這是南方最早的一首詩歌。

終於，到南方巡視災情的禹回來了。使女迎接著他，向他表達了塗山女赤誠的愛慕之心，並把他領到塗山女身邊。相思的痛苦化作了相見的熱誠，兩人情投意合，不需要繁文縟節的儀式，他們就在台桑這個地方結了婚。

婚後才僅僅四天，由於洪水的威脅和治水的緊張，禹便告別了新婚嬌妻，踏上治水之路。這一去就是十多年。十多年中他曾經三次路過家門，但也顧不得回家與妻子團聚。

治水的工作是辛勞而艱苦的，有時生命安全都難以保障。軒轅山坐落在今河南偃師縣東南，阻礙著河水的東流。這裡山勢險峻，山路盤旋，只有打通它才能使河水順利通過。為了照料好丈夫的飲食起居，使禹有充足的精力從事工作，塗山女決定和丈夫一起去軒轅山。出發之前，禹叮囑妻子：「我在山崖上掛一面鼓，我餓了就會擊鼓，你聽見鼓聲，才可以送飯來。」為了早日開通軒轅山，宣洩洪水，禹變成一隻大熊，奮力勞作，他用嘴拱，用爪挖，弄得塵土飛揚、沙石翻滾。不料有幾塊石頭飛落到石鼓上，發出了「咚咚」的聲響。他妻子聽見鼓聲，急忙上山送飯，正巧看到變成大熊的禹，不禁發出了一聲尖叫，跑下山去。禹醒過神來，急忙追去，一直追到今河南登封縣北的嵩山腳下，才趕上了妻子。塗山女沒想到自己日夜思念的夫君竟是一頭大熊，她既吃驚又羞慚，既著急又生氣，覺得無臉見人，搖身一變，化成一塊石頭。禹眼睜睜看著懷孕多時即將生產的妻子變成石頭，萬分焦急地喊道：「還我兒子！」於是，石頭的北面應聲裂開，中間迸出一個小孩。這就是禹的兒子「啟」。啟就是「打開」的意思。

就這樣，禹治水十三年，劈山開地，掘通九河三江，疏通大川三百，小河三千，使洪水流入江河，匯入大海。禹還平整丈量大陸的土地，劃分「九州」，給名山大川命名，消滅害人的鳥獸大蟲，並且引導人們利用水土發展農業生產。從此，人類才過上了安居樂業的美好生活。

大禹治水的神話，形象地反映了人們的意志、精神和願望。鯀失敗了，但他並不甘心，他將自己的精神傳給了下一代，而禹正是在總結了前人教訓的基礎上獲得成功的。因此，這神話反映出一種赴湯蹈火、公而忘私的博大胸懷，前仆後繼、百折不撓的堅韌精神，敢於實踐、善於總結的頑強個性，而這正是中華民族精神的象徵。因此，古往今來，人們一談到禹，總是充滿感激和崇拜之情。《左傳》中說：「如果沒有禹，我們恐怕早就變成魚蝦了！」現在中國遼闊的土地上，還保留有許許多多關於禹的傳說的遺跡：禹陵、禹穴、禹廟、禹碑等，都表現了人們對這位神話英雄的無限懷念。

遠古時代的巫書：《山海經》

《山海經》本來是巫教中的經典，魯迅先生稱為「古之巫書」，按地理分篇，從山川、風土、名物到古史譜係、民俗風習、人物故事，無所不收，簡直是上古文化的淵海。它原來是有韻的，作為巫師從業的依據，需要世代記憶背誦，因而不能夠隨時消失；時代的演進、文化的累積，又陸陸續續由新一代的巫覡、方士增補進原有的系統，使得《山海經》文本隨之而呈現出動態生成的特徵。像這樣來理解《山海經》的創作年代，就不會陷入傳統的靜態研究那種無謂論爭之中了。不過，這並非說《山海經》的成書沒有一個比較清楚的時段說明。漢代劉歆在〈山海經表〉中說：「已定《山海經》者，出於唐虞之際。」據說四千多年前的中國正是洪水肆虐（所謂「堯遭洪水」）的時代，人們流離失所，或居於高崗，或避於洞穴，或乾脆在大樹上巢居，其情狀之狼狽可以想見。先民將陸地稱作「山」，把水叫

「海」，大概就是洪水時代的艱難情狀的反映。大禹治理水患，歷經一段漫長的時間，其間足跡踏遍九州」、「四瀆」，並將隨處考見的風俗、名物、神異「使益疏而記之」（趙曄《吳越春秋》），便於日後行施巫術時參考。由大禹的助手伯益整理而成的這個本子即是《山海經》最初的底本，其中可能有〈荒經〉、〈山經〉、〈海內經〉的部分內容，但估計比較簡略。這時可能就已整理出文字的版本，並附有繪載山川道裡的插圖。其後隨著洪水的漸漸消退，尤其是部族間交往的增多，估計到殷商時〈海外經〉已寫成，而其他部分也日益豐富和完善。由於它特殊的性質，《山海經》從誕生起就藏於深宮內院，專由巫師掌管，其間經歷夏、商、西周，到春秋戰國之際才有了最終寫成的定本。司馬遷曾經有「〈山經〉、〈禹紀〉，虛妄之言，其事難知」的話，陶淵明亦有「流觀《山海圖》」（〈讀枙山海經〉）的詩句，可見它對後世影響之深。可惜《山海圖》後來亡佚了，今天見到的插圖都是後人補進的。據說朝鮮藏有唐代的《山海圖》，但亦不能確知。

那麼，既然《山海經》已有了累世相傳的寫本，為什麼還要編成便於巫師們世代記誦的有韻之文呢？另外，它到底是巫教中施行巫術時運用的參考書，還是一部實用的地理書？類似的問題體現出今人對於上古文化很難做到超越經驗隔閡的深刻體認。由於先民對於周圍的世界持一種「萬物有靈」的信仰，上古時代的文化基本掌握在兼通天地神人的巫師手裡，因此可說巫教即為虞夏時代中華大地上精神文化的核心。而巫師在部族中往往由首領兼任，或在部族的精神活動中有著無上地位，除主持宗教儀式外，不僅操縱教育活動，對決策也發揮作用。伯益可能就有此類身份。如果明白周的「儒」和「士」都是從虞夏時代的巫轉化出來的，巫師在當時社會生活中的位置就比較容易理解了。《山海經》成於禹、益在極端情境之下為治水而作的艱苦而廣泛的調查，裡面有神話的因素，有當時中華大地上各部族的歷史、風俗、物產等內容，有關於天地萬物生成運行秩序的基本知識，更有繁多的巫教律令，內容相當浩繁。當時雖已有了比較成熟的文字，但作為對巫師的職業要求，一定要熟練地記誦，才可能方便地運用，臨時東翻西查是不可能的。今天，許多少數民族的巫師仍都能將本民族的巫史文獻倒背如流，如阿昌族的《遮帕麻與遮帕米》，正是用有韻之文的形式將《山海經》時代先民紛繁浩博的生命經驗與文化想象知識化，使文明真正得以累積與傳承。至於所謂巫書和地理志之間的「矛盾」，則是不理解當時的巫教兼具宗教、認知、政治、教育等多種功能的結果。在先民的巫術思維裡，大地是人體化的，是人和他的經驗世界的擴展；人體以及人周圍的狹小空間則是大地的凝縮。作為部族聯盟的首領的統治部族，歷來自視為大地的中心，極可能在宗教儀式上運用「影響」巫術，在思維幻想中對天下所有部族施加控制，甚至驅遣八方神靈而集於掌上。這都可能是巫師們需要在施行巫術時佐以《山海經》的原因。《山海經》中有許多記載諸巫師活動的段落，講的是巫師們以某座山為天梯，上下出入人間天庭，溝通人神，宣示神諭，上達民情，忙碌不已。古老文明的發源與初創正是透過《山海經》的動態生成而流露出強烈的神秘意味。

《山海經》中有許多神話，如「夸父逐日」、「精衛填海」、「共工怒觸不周山」等，都是膾炙人口的精彩篇章。正是這些內容的保存，使我們得以窺見先民在自然的威壓下堅持創造與建設的堅強精神和美麗夢想。當然，其中流露出的先民看待世界與自身的那種活潑而奇幻的新鮮理解，也許是更珍貴和富於價值的。

伏羲作八卦的傳說

伏羲，中國古代神話傳說裡的文化創造神。關於他的出生很富有神奇的色彩。他的母親華胥在雷澤裡行走（雷澤是雷神的家園，《山海經・海外東經》載：「雷澤中有雷神，龍身而人頭」），看見一個讓人驚奇的大腳印，她就試著踩了上去，可剛剛踩上，身子突然有一種異樣的感覺，後來就懷孕生下了伏羲。這和《詩經・大雅・生民》裡講姜嫄孕育周族始祖後稷很相似。伏羲長著人的頭，蛇的身子，這種外貌又與雷神很相似，都以人面為首、以獸體為身。其細微的差別在於伏羲是蛇身，而雷神是龍身，聯係到民間稱蛇為小龍的傳統習俗，那麼存在於伏羲和雷神之間的父子血緣關係就瘉見清晰，也為日後伏羲造八卦為何要把雷和澤計入八卦埋下了最自然不過的伏筆。

問題是，這種人首獸身的體貌特徵，實在是讓後人難以理解的。而實際上，這是人類在早期一時還無法將自己自覺地從自然界中區分出來，他們對於許多自然現象和動物存有神秘的敬畏和崇拜，而且還將某一種特定的動物看作自己氏族、部落的祖先，祈求這種動物能夠保護自己。伏羲的人首蛇身，正是此種圖騰文化所殘留的印跡。

羲在後世逐漸被人們衍化為具有聖德的天帝，居於東方，所以人們又稱他為太昊，是一位了不起的文化始祖，許多文明功績都被認作是他創造的：他教會人們打獵和捕魚，告訴人們怎樣烹飪，制定嫁娶之禮等。上述種種若依據美國人類學專家摩爾根關於原始人的分期理論，正是原始人由蒙昧時代的初級階段跨入高級階段，並大步邁向野蠻時代的若干標誌。

在諸多被認作是伏羲的發明創造之中，流傳最廣泛、也最具文化價值的，是關於伏羲始作八卦的傳說。這在《史記・日者列傳》、《漢書・律曆志》及王充《論衡・對作篇》都有相同的記載。

據《易・繫辭下》載，伏羲仰觀天象，俯察地理，根據鳥獸身上諸多錯綜的花紋和地上諸般事物的對應關係，近取人類的特點，遠仿天下萬物，創造出陰陽八卦。這是我們所能見到的最早的關於伏羲怎樣創造了八卦的說明。這裡有三個要點：一是它交代了八卦所容納的內容，帶有空前絕後的囊括性。它自構思之初便大氣包舉，以整個自然、社會和人生為自己的思考對象。二是它敏銳地發現了自然和社會裡廣泛存在的諸種矛盾對應關係，如天與地、水與火，既彼此獨立，又相互對應，是用聯繫的眼光觀察事物，是富有哲學意味的思考。三是它把這種對應關係付諸於象徵思維，用符號化的卦象，代表根本無法窮盡的自然和社會裡的萬事萬物，創造了一個思維的奇蹟。一個幾乎毫無可能窮盡、也沒有希望窮盡的排列竟被伏羲舉重若輕地以八卦巧妙無比地解決了。

伏羲以☰（乾）這種符號代表天，☷（坤）代表地，☵（坎）代表水，☲（離）代表火，☶（艮）代表山，☳（震）代表雷，☴（巽）代表風，☱（兌）代表澤。

對每一種卦象的含義還可以作更廣泛、更深入的引申，例如，乾既然可以代表天，也可以代表天子，天子所在的朝廷，朝廷上所聚集的君子、男人，君子、男人所有的剛健、陽氣等，由此類推，以至無窮。再如坤，除了代表地外，還可以代表臣子、女人、柔順、陰氣等。此外如震是雷，也是長子，還是龍、東、春、動等，巽是風，也是木、長女、雞、東南等。這樣一來，八卦中蘊涵的八種屬性，便涵納了世界的萬事萬物，換言之，世界上的一切事物都可以根據八卦的屬性歸納成八類。比如〈說卦傳〉載：「乾為首，坤為腹，震為足，巽為股，坎為耳，離為目，艮為手，兌為口。」這又是將八卦與一個本屬陽的男人、或一個本屬陰的女人的人體各部位，一一對應起來。八卦的圓融性、靈活性於此可見一斑。它不孤立地僵化地看待觀察對象的屬性，而是承認在不同條件下事物屬性的轉化。

八卦屬於巫術，它和原始神話、歌謠在同一文化背景下誕生，根據文化發生學理論，它們具有同源性，也就是說它們處於相同的思維水準，操有相似的思維模式——原始思維；它們又相互滲透、相互影響，文化的整合發生了。由此使八卦滲入了神話、詩歌的因素，從而使它具有了某些文學和詩的特點。

關於八卦的創造還有另外兩說，即「河圖」說和「洛書」說。所謂河圖說，是講有匹龍馬從黃河裡奔騰而出，它背著一幅圖，上面便是八卦，伏羲便照著畫下來。這是宣揚伏羲是聖人，那個時代又是盛世，上天才會派了龍馬賜給他這件聖物。所謂洛書說，是講大禹治水時在洛水中從一隻神龜背上獲得了八卦，同樣是緣於上天所賜。

不吃周食的伯夷和叔齊

在中國古人的眼中，朝代的更替就意味著天命的變革，民間所謂「氣數已盡」，終是無法挽回的事。新的天子登基，不僅要更改年號，而且要改易百姓服飾的顏色，甚至還要「改正」——重新選擇一個月份作為新的正月，也就是變革時間。這一切措施都有著強烈的了結舊賬、另譜新篇的意味。也正因為如此，古時「家國同構」的倫理講究一個「忠」字，個人的生命是和他所生長居棲的國家緊緊聯繫在一起的，即所謂「世受國恩」。一旦遭逢亡國之痛，忠貞之士紛紛以身死殉舊朝，就是因為不願做「兩截人」。舊朝的叛徒，投降新朝後往往也被視為貳臣，其實仍然是被尷尬地夾在了中間。更多的則是退隱山林，在新朝的國家政治秩序之外安安靜靜地做一個「遺民」，其實是默默地為故國守靈，緬懷勝跡，陪伴心魂，直至老病衰殘，追隨而去。遺民們在新朝的統治下度過的這一段餘生，只可算是肉體生命的無意義的延續，他們的心在河山易主的那一刻就已經死去了。

中國歷史上可考的最早的遺民可能是商周之際的伯夷和叔齊。在這以前，商族代夏而為天下共主，先有太史終古的逃奔，後有萬民歡歡喜喜的歸順，其間商湯還召集諸侯會盟，說「天下是天下人的天下，有德行者才能居天子位」，並象徵性地推讓三次，可見當時並不講究效忠，反倒頗多民主遺風。而商周之間的變革，則不僅是周族的代商，還標誌著新舊社會制度的更迭，傳統所謂的「封建社會」就是從這裡開始的。伯夷和叔齊餓死首陽山的故事就是發生在這劇烈動盪的歷史轉型期的一幕悲劇。「封建社會」的初期，君主專制漸嚴，要求下屬效忠的範圍也就越來越大，但只限制在臣子對君上效忠，並不涉及普通百姓。就這一故事來說，一方面，商紂王是否昏君，或者竟為英明俊偉的中興之主，已經有學者根據甲骨卜辭提出爭議；另一方面，伯夷和叔齊在商朝確實是臣子一級的人物，而非一般小民，當有效忠商王的義務。不過，其中或有異民族間經年矛盾的累積，也未可知。

據《史記・伯夷列傳》載，伯夷和叔齊是孤竹國國君的兩個兒子。國君死去，遺命叔齊即位。叔齊執意讓位給伯夷，伯夷說：「父親命你即位。」於是逃走。叔齊也不肯即位而逃走。國人無法，只好另立國君。伯夷、叔齊無家可歸，聽說西伯姬昌十分仁德，能為投奔的人養老送終，就趕去歸依。誰知西伯姬昌不久去世，其子姬發追謚為周文王，並用車拉著父親的牌位，率各路諸侯組成的大軍，浩浩蕩蕩一路討伐商紂王而來。伯夷和叔齊攔在大軍之前，苦苦勸說：「父親死了不埋葬，還動刀動槍，這算是孝嗎？做臣子的討伐君主，這算是忠嗎？」有人提議將他們抓起來殺掉，軍師姜太公說：「這是義人啊！」就放他們走掉了。後來有了著名的牧野之戰，周取代商成為天下共主。伯夷和叔齊甘願做已經亡掉的商朝的遺民，因為恥於吃周朝的糧食，就躲進首陽山裡，靠採集蕨、薇一類野菜度日。蕨和薇就是今天所謂蕨菜、灰菜，可見他們生活的清苦和艱難。伯夷、叔齊此時曾作〈采薇歌〉以明志，表達了在新舊交替時代對往昔和諧安寧的社會秩序的深情緬懷和頓覺生命無所歸屬的複雜情感。後來有個婦人對他們說：「你們仗義不吃周朝的糧食，可這些野菜也是周朝的呀！」伯夷和叔齊聽到這話，就連野菜也不吃了，不久就餓死在首陽山。

伯夷、叔齊采薇而食的故事漸漸成了典故，也常常被後世的文人用來形容隱士遺民的高風亮節，但也偶有用做反語諷刺那些假遺民的。譬如清朝初年為籠絡明遺民而開科考試，許多難耐淒苦的所謂「遺民」紛紛跑去應考。某詩人做詩諷刺他們：「聖朝下旨納賢良，一隊夷齊下首陽……並非一夕忽改節，只緣西山蕨薇光！」吃光了蕨薇就出來應試，此「夷齊」早已經不是彼「夷齊」了。

泰伯讓賢的感人故事

泰伯，又稱太伯，是周太王古公亶父的長子。他的三弟季歷很賢明，還生了一個德才出眾的兒子姬昌（即後來的周文王）。太王非常想立季歷為繼承人，以便能把自己的政權傳給孫子姬昌。

可周氏族實行的卻又是嫡長子繼承制。為了不讓自己父王因願望落空而傷心，也為了避免陷入與自己弟弟爭奪王位的尷尬，更為了讓一個能帶領周族走向強盛的人繼任為王，實現一個遠大的政治目的，泰伯毅然和自己的二弟仲雍離家出走了。

他們不遠千里，跋山涉水，櫛風沐雨，飽經風餐露宿、顛沛流離之苦，來到當時被稱作「荊蠻」（意思是極端落後、尚未開化）的南方。

這時候，泰伯和仲雍再一次表現出了驚人的膽識。他們不是以自己熟稔的、也比較先進的周文化矯正當地的土著文化，更不是居高臨下地以周人自傲，鄙視土著文化，而是毫不遲疑地入鄉隨俗，毅然決然地皈依於當地的土著文化——兄弟二人也「斷發文身」。根據古籍記載和考古發現，所謂斷發文身，就是將額前及兩鬢剪短後散披，腦後的頭髮則盤束成椎狀式的髮髻，幾乎在全身刺上花紋。

斷發文身是古時吳越（今江浙一帶）人迴異於中原的民俗，曾被視為吳越人的象徵和標誌之一。那麼，古吳人為什麼會形成斷發文身的傳統習俗呢？這要聯繫到他們生活、勞動的自然環境。吳地，即今江蘇一帶，那是水網密布、河道縱橫的水鄉，吳人為了在水下不被散亂的頭髮遮住雙眼，不被飄拂的水草纏住頭髮，自然要剪短額前、兩鬢的頭髮，將腦後的頭髮再束成椎髻狀，這便有了所謂「斷發」、「披髮」、「攢發」、「祝髮」諸說；因為水下危機四伏，暗流、兇蛇和鱷魚隨時都可能吞噬人的生命，而在身上刺上龍紋則在主觀意念上給吳人一種安全感。龍既可以升天，也可以下地，更能入水。吳人身上飾以龍紋意在向水中諸族顯示，自己本與它們同類，是龍之子，甚至求得龍神的庇護。

那麼，泰伯、仲雍「斷發文身」的意義何在呢？

此舉足以盡快而廣泛地獲得當地土著人的認同，進而將其視為同族。泰伯兄弟來自於號稱衣冠之邦、禮儀獨盛的中原，他們義無反顧地斷發文身，正鮮明地表達了他們對土著人這種習俗的真誠尊重，當然也更是對土著人人格的尊重，自然也就容易獲得他們的好感。特別是在文身過程中，要用銳器刺遍幾乎全身的每一個部位（據一九八四年在江蘇丹徒縣北山頂發掘的吳王余昧墓中，出土了一件鳩杖，杖鐓末端有一跪坐人形，胸、背、股和臀部都有雲紋。這是我們第一次看到的吳人文身的實物形象，打開了吳人文身面積之謎），需要忍受的痛楚之深、之長，以及在這個過程中表現出的決心和氣概，都足以從心靈深處感動當時的每一個土著人。

事實也正是如此。據《史記・吳太伯世家》載，泰伯兄弟斷發文身後，有一千多家人前來歸順，並推舉泰伯兄弟作為他們的領袖。而泰伯這種謙讓和謙卑的君子之德也為孔子所欣賞，《論語・泰伯》稱：「泰伯，那真可以說是品德極崇高了。多次把王位讓給季歷，老百姓簡直找不出恰當的詞語來稱讚他啦！」一向講求「過猶不及」的孔子，那該是在怎樣的讚美激情鼓動下才有此無以復加、登峰造極的話語啊！由此也反映了泰伯兄弟品行的異乎尋常。那毅然出走時對權力和地位的漠視，對本氏族未來更深沉的歷史責任感，那「斷發文身」時對「非我族類」的土著的寬廣胸襟和包容氣度，都是多麼令人感動啊！

泰伯兄弟積極去適應環境的變化和形勢的需要，毅然入鄉隨俗、「斷發文身」，從而贏得了當地土著人的擁戴，並和土著人一起開創了至今還讓人稱賞的轟轟烈烈的吳文化，以慘慘戚戚的離家出走的悲劇發端，以重創輝煌的正劇告終。

《周易》：原始文化的象徵

《周易》的象徵，若依據它所使用的手段可以分作三類：卦象象徵、爻位象徵和卦爻辭象徵。前二者是用圖形或數字作為象徵物，所謂象數思維即指此而言；卦爻辭則是以文字表達象徵意義。

《周易》的卦象、爻數、卦爻辭，正是可以把象徵的意象性和意蘊性融而為一的文化載體。

《周易》的經卦——八卦，最初是在詩的萌生的時代氛圍中創製的，帶有原始文化的意象性、模糊性、混融性，具有神秘意味的原始詩意的性質。由八卦衍生而來的卦爻辭是殷、周之際的產物，當時距離原始社會未久，加之巫術傳統的作用，因此，卦爻辭仍然保持並發揚了神秘意味的象徵性的詩化傳統。中國最古老的詩歌樣式是二拍子的四言詩，《周易》卦爻辭裡類似詩歌的句子也以四言居多，這也證明了它和《詩經》基本是同一歷史時期的產物。

《周易》的卦爻辭是按照象徵方式編制的，「易以道陰陽」（《莊子・天下》），這是古今學者公認的事實。綜觀《周易》卦爻辭，卻沒有一個字明言陰陽，陰陽觀念是通過卦爻辭中具體的事象、物象加以暗示。《周易》卦爻辭像《詩經》的比、興一樣，也是「以彼物比此物」，是「先言他物」。（朱熹《詩集傳》）它所表現的對象不直接出現，而是藉外物比況和襯托，就此而論，《詩經》的比、興和《周易》卦爻辭在表現方式上是相通的。

《周易》卦爻辭的象徵物有人自身：「過其祖，遇其妣；不及其君，遇其臣。無咎。」（〈小過・六二〉）爻辭以祖和君象徵陽，以妣和臣象徵陰。它所表達的思想意蘊是：當「小過」之時，避陽而遇陰無咎。人作為陰陽觀念的象徵物在卦爻辭裡出現時，他們的陰陽屬性，或以性別劃分，或從政治地位著眼。依此類推：夫為陽，妻為陰；主為陽，僕為陰；君子為陽，小人為陰……用來象徵陰陽觀念的人都處於一定的社會關係之中，有著特定的感性特徵，是具體的人、活生生的人。

作為陰陽觀念象徵物的還有各種禽獸。虎豹是兇猛的野獸，所以用它們象徵陽。「大人虎變」、「君子豹變」（〈革・九五・上六〉），把大人、君子比作虎豹，象徵陽剛有力。

魚生活在水中，不構成對人的威脅，所以用它象徵陰。「井谷射鮒」（〈井・九二〉），鮒為小魚，象徵陰，「射鮒」就是除陰。在以飛禽作象徵物時，也是根據他們的習性劃分陰陽。鷹隼凶猛，雉好鬥，它們都用來象徵陽。爻辭所說的「射隼」（〈解・上六〉）、「射雉」（〈旅・六五〉），都是指除陽。鴻為水鳥，生活在水濱，由鴻聯想到它賴以安身立命的水，聯想到水的柔軟性質，因此就以鴻象徵陰，〈漸〉卦即為其例。用做象徵物的家畜有牛、馬、羊、豬。牛、羊頭上長角，給人以威武雄壯之感。馬善於奔跑，由此而來，牛、馬、羊都用來象徵陽。豬較為馴服，用它象徵陰。雄性動物比雌性健壯，而雌性則相對柔弱，故又用雌性牲畜象徵陰。〈坤〉卦卦辭「利牝馬之貞」，〈離〉卦卦辭「畜牝牛吉」，牝馬牝牛都象徵陰。在以動物作為象徵物時，對它們陰陽屬性的劃分是多層次的，而不是一次完成的。

除了人和動物外，《周易》卦爻辭用作象徵物的，還有自然界和人類社會的其他種種事象、物象。如以石、蒺藜、鼎象徵陽，以水、雨、泥、血象徵陰。在運用這類象徵物時，主要從它們物理屬性的硬度上著眼，堅硬者象徵陽，柔軟者象徵陰。

總之，雖然《周易》卦爻辭裡所出現的象徵物種類繁多，但它們都是具體的事物，有形象可觀，陰陽觀念是借助於它們暗示給人們的。

《周易》的宗旨是標示以往，預測未來，顯示細微，闡明幽隱。打開《周易》，所用名稱適當，能辨別它所代表的事物；所下的斷語都是直言，或吉或凶，不加隱瞞。但是，在語言表達方式上，它又舉具體事物而言之，用細小之物作比喻，取小物以類比大事，以具體象徵抽象，用個別暗示普遍。因此，《周易》卦爻辭旨意深遠，用詞文雅，它的話委曲中正，論事直截了當而又隱晦含蓄，這正是它具有文學價值的根本所在。文學作品的一個重要特點，就是要委婉含蓄，經得起咀嚼和回味。語貴含蓄，是文學創作的一條金科玉律；相反，一洩無餘，意蘊不足，則是文學作品的欠缺。

無論在古代文學創作中，還是在文學理論中，《詩經》的比興和《周易》卦爻辭的象徵，常常作為結合在一起的寶貴文學傳統而被繼承下來，並在後世的文學中發揚光大，與日月同新。

卦爻辭中的上古民俗

民俗之於個人是重要的，因為每個人的每一天都生活在民俗之中，正如魚必須生活在水中一樣；民俗之於民族同樣是重要的，因為正是民俗凝聚起民族，民族才能穿越歷史的漫漫風塵。而《周易》卦爻辭裡，正積澱了我們民族乃至我們民族每一個人引為自豪，也給我們以深刻影響的先秦民俗。

民俗幾乎涵納了人類活動的全部，不論是物質生產還是精神生產，或是它們的消費方式。

先看看卦爻辭中的生產習俗。「無妄卦」的第二條爻辭裡有「不耕獲，不菑畬」，意思是說，不在剛開始耕作時，就期望立刻獲得豐收；不在荒地剛開墾第一年時，就期望它立即變成良田。據《爾雅・釋地》：「田，一歲曰菑，二歲曰新田，三歲曰畬。」指出一塊農田在三年裡要經過三個不同的利用階段，即第一年休耕長草，以恢復地力；第二年清除草木，復墾為田，故謂新；第三年整治成熟，才可利用。這說明我們的先民很早就意識到了土地的通過休養以增加地力的問題，證明此時的農業文明已由所謂「生荒耕作制」，進入到了高一層次的「熟荒耕作制」。

隨著土地利用知識和技術的積累，特別是伴隨著鐵製農具和牛耕的出現，深耕就成為可能，由此也增加了收穫，也使我們的先民更加注重對牛的飼養。「離卦」的卦辭說：「畜牝牛，吉。」意思是說飼養母牛吉祥，這裡實際上是表現出原始先民對母牛的偏愛，因為相對說來，無論是駕車運輸，還是拉犁耕地，母牛較之公牛都更柔順、更容易駕馭一些；更重要的是母牛還可以生產小牛犢，而擁有牲畜的多寡又是當時人們社會地位高低的一個標誌。可見先民偏愛牛的習俗，是與擴大生產、提高自己社會地位的美好憧憬相聯繫的，這一民俗裡蘊涵著先民們對生活的一片熱望。

再說說卦爻辭裡的婚娶習俗。「蒙卦」裡的第三條爻辭說：「勿用取女，見金夫，不有躬，無攸利。」意思是說不要娶那個女子！她見到有錢的男人，就要失身，娶她沒有好處。這一方面說明當時的社會已有了很強烈的貞操觀念，把女子的失身看作很不道德的事，是情感上絕不能容忍的事；另一方面也說明當時社會各種思想碰撞的激烈，既有人堅持婚娶標準以道德為先、節操為重，也有人挾金自持，以此蠱惑誘騙婦女。而且更糟糕的是，這種社會現象還較為多見，因為「漸卦」的第三爻裡有「夫徵不復，婦孕不育」的類似記載。

卦爻辭裡還記載了上古一個很奇特的婚娶方式——搶婚，所謂「匪（非）寇，婚媾」，既載於「屯卦」第二爻，也載於「賁卦」第四爻，還載於「睽卦」第六爻，而以「屯卦」的描述更為形象、感人。它通過允婚前馬兒的「屯如邅如」、徘徊不前，形象地表達了女主人公心中的猶豫不定；再借助「乘馬班如」、車馬止步不前的形象描繪，烘托了女主人公臨嫁前「泣血漣如」、悲痛流淚的惜別心情。

搶婚這種民俗是從母系氏族社會向父系氏族社會過渡時期的產物。在母系氏族社會裡，婚後生活是男從女居，而在父系氏族社會則隨著男人社會地位的提高而轉變為女從男居，是「人類所經歷的最急進的革命之一」。（恩格斯《家庭、私有制和國家的起源》）搶婚正是體現上述轉變的一種社會表現方式。

這種搶婚習俗直到二十世紀四十年代末期，在中國西南的景頗族、傣族及傈僳族仍有遺存。

最後，談談卦爻辭裡的生活習俗和觀念習俗。「姤卦」的第二爻和第四爻分別載有：廚房裡有魚，不會有災禍；廚房裡沒有魚，會發生兇險。魚成為當時的人們拿來趨利避害的吉祥物。那麼原因何在呢？

應該說原因是多方面的、複雜的。上古時期洪水氾濫，人們飽受洪水之苦，無處安身，而魚兒卻能自由自在地在水中生活，嬉戲，這自然引發了人們的無限神往。上古時期的醫學很不發達，生育孩子是很兇險的，孩子的成活率極低，可人們卻發現魚兒的產卵及成活都非常順利，這自然又引發了人們的無限嚮往。於是魚兒就成了先民們奉為神明的圖騰，西安半坡遺址發掘出的大量原始陶器上都刻有很多魚形紋飾，就是最充分的證據。

因此在先民們的觀念中，便形成了對魚的崇拜的傳統習俗，以至在生活習俗裡也形成了以廚房裡有魚為吉祥、無魚為凶險的思維定勢。生活習俗與觀念習俗互為因果，一同釀成了關於魚文化的習俗。

卦爻辭裡蘊藏著豐富的先秦民俗，系統而又細緻地加以研究，對我們生動深入地感受先秦文學，對理清中華民俗的來龍去脈，都有著極為重要的意義。

洋溢古人豐富情感的《易經》

《易經》是卜筮之書，人們讀《易》時，通過對過去事物的了解，獲得對未來的先知；察覺先兆，預見將來的發展趨勢。說到底，這一切還是源於人類對自身命運的深切關注，是對人生充滿真情和熱情的曲折流露，上古時代尤其如此。從這個意義上說，《易》既是一部力圖洞曉未來、充滿玄機的著作，也是一部洋溢著人類豐富情感的著作，更是一部哲思與詩情相伴的著作。

《易》主要在哪幾個方面激發起讀者的共鳴呢？

首先，是語重心長的誨人之情。豫卦的第一爻稱：「自鳴得意，歡樂過甚，凶險。」這很像是一位飽經人世滄桑、洞曉世態炎涼的智者，懷有一顆善良關切的心，在諄諄告誡有所成就、已面露得意之色的人，千萬別因小失大，遭人嫉恨，真有防微杜漸之妙用。

但這種超前的先見之明和智慧，是建立在洞曉世人大多有所成就後難免有所驕矜的人情世態之上，是對尚不夠成熟的世態、人情的一種警覺。而將此內心世界的警覺化作對世人的警告，正源於他對世人懷有一顆善意的心，期望人們能少一點不必要的挫折，多一點順利和早一點成熟的美好感情，所以才有這語重心長的叮嚀，才有這類似長者的濃濃的關切之情的流溢。

為了不給自鳴得意而歡樂過甚的人造成太大的思想負擔，也怕「兇險」這一後果給他們造成很沉重的心理壓力，豫卦的第六爻又稱：「沉溺於安樂，若能改正，則沒有禍患。」這無疑又給因驕矜而安樂過甚的人以新的轉機和希望、新的鼓舞和撫慰。對人的呵護之情如此細緻周到，真可謂達到了無微不至的令人感激的程度。

其次是是非分明的感人之情。蠱卦的第一爻說兒子糾正父親的錯誤，父親也就沒有罪過了，這可能會遇到危險，但最終是吉祥的。第四爻說寬容父親，發展下去，就會蒙受災難。這是從正反兩個方面說明，在家庭倫理關係中，兒子是可以糾正父親錯誤的。這和封建社會後期「父為子綱」一類僵化的倫理主張還是有很大區別的，表明了先秦時期在維護家族的共同利益、也是更大利益方面，父子間還有某些平等的因素可言。

在《易》倡導兒子可以糾正父親過錯的主張裡，我們可以強烈地感受到不為尊者諱、不為親者諱的義正辭嚴、正氣凜凜和是非分明、不容含混的大丈夫氣概，這是對家族、對社會的一種強烈的責任感，和民俗裡的一條著名諺語——「向親向不了理」的呼告是一脈相通的。

也許正是為了倡導真理面前父子也能平等的正確觀念，蠱卦的第五爻又說，糾正父親的錯誤，一定會受到人們的普遍讚譽。這顯然又是在進一步地鼓勵人們應該大膽地衝破父尊子卑的等級觀念，勇糾父過，去取得社會的支持和家族的榮譽。這和後來《孝經》裡「父有諍子，則身不陷於不義。故當不義，則子不可以不諍於父」（諍，以直言相告，使人改正錯誤）的正確主張也是一脈相通的。由此可以看出，《易經》對民俗、對正統文化的系統規範和深刻影響。

再次，是如泣如訴、如詩如畫的動人之情。屯卦的第六爻說，車馬止步不前，他悲痛欲絕，哭得眼睛不住地流血。聯繫到本卦的第二爻是描寫了上古的民俗——搶婚，那麼這第六爻自然是寫女子出嫁時柔腸百轉，與家人難捨難分的痛苦的話別場面，生動形象，感人至深。又如離卦的第五爻說，眼淚像泉水一樣不停地湧出，紛紛從面頰流下，憂愁悲傷地嘆息，居安思危到了這種程度，必將獲得吉祥。居安思危，原本是中華民族憂患意識的具體體現，是一種未雨綢繆、防患於未然的深謀遠慮，屬於一種理性的抽象思維。但它一經與泉水般湧出的眼淚相伴，便平添了一種動人的情愫。正像白居易〈與元九書〉中所說的那樣：「感人心者，莫先乎情。」依照傅道彬先生《詩外詩論箋》裡把爻辭原來的獨立面貌加以恢復的學說，則坤卦的爻辭是：履霜、直方、含章、括囊、黃裳。我們若再用現代漢語將這五個鮮明的詩歌意象串聯起來，在我們眼前就會呈現出一幅令人心醉的秋日收穫圖——一個行人走在剛剛落霜的秋日原野上（履霜），放眼望去大地坦蕩無垠（直方），豐收的田野多彩多姿（含章），人們忙著把豐收的果實裝進口袋（括囊），大家穿著黃色的衣衫（黃裳）。用如此簡練得不能再簡練的筆墨，描繪出如詩如畫的秋日景色，所要表達的正是那位行人胸中如詩如歌的情懷，是面對遼闊霜天逸興遄飛的激盪情懷。

總的說來，《易經》雖為卜筮之詞，但它凝神關注的終究是人世間的生老病死、吉凶禍福，所以也就在這凝神關注裡自然融入了人世間的歡喜與憂傷、慘烈與優柔，從而使《易經》不僅時時閃爍著人類智慧之光，也處處流溢著人類情感的華彩，有著多樣的審美價值。《易經》的哲思是不朽的，《易經》的詩情也是不朽的。

《尚書》：歷經磨難的珍貴史料

《尚書》是上古時代的歷史文獻彙編，而「尚」即是上古的意思。據說從黃帝的玄孫帝魁開始直到秦穆公時代，誥言、誓詞、大事記等共計約三千三百篇，這些零散的「故典」就是《尚書》的原始面貌。孔子晚年對這些文獻作了一番大規模的整理刪減，上起唐虞之際，下迄於周，以「可以為世法」（〈璇璣玲〉）為取捨的標準，「芟荑煩亂，剪裁浮辭，舉其宏綱，撮其機要」（孔安國〈尚書序〉），共保留一百篇。內中有虞夏書二十篇，商書四十篇，周書四十篇。孔子的刪書，歷來有些爭論，但若聯繫到西晉初年汲郡出土的《逸周書》七十一篇，與《尚書》篇目無一重複，就知道它確是孔子當時刪落的部分了。《尚書》經過孔子的編輯整理，從零散的文獻提升為完備的系統，成了孔子用來教育弟子的歷史課本。

至於《尚書》的文體，則可大致分成典、謨、訓、誓、誥命、其他敘事之作等六體。典是記敘帝王的言論事蹟，如〈堯典〉；謨是記載帝王與身邊名臣相互謀議研討政事，如〈皋陶謨〉；訓是賢臣訓導帝王的記錄，如〈伊訓〉、〈高宗肜日〉；誓是戰爭討伐之前的誓師宣言，如〈甘誓〉、〈湯誓〉；誥命是政府的重要文告，如告諭指令和天子獎賞臣下的命辭，〈金縢〉乃周公替武王禳疾代禱，也屬此類；其他敘事之作如〈禹貢〉是地理著作，〈洪範〉是哲學專論，等等。總之，《尚書》開了後世應用文體的先河。從這六體的宏觀劃分，也可窺見夏商周時代歷史散文的洋洋盛狀了。

百篇《尚書》經歷秦火的洗劫，殘損最為嚴重。以秦始皇的淫威，書生有在街頭提及《詩》、《書》之語的都要處斬，民間更不敢冒險收藏。但《詩經》是韻文，便於記誦，到漢初迅即恢復；而《尚書》本來艱澀難讀，純靠記憶而保留百篇的內容，不免有些勉為其難。今天能看到的《尚書》五十八篇，按朝代編輯，計有〈虞書〉五篇，〈夏書〉四篇，〈商書〉十七篇，〈周書〉三十二篇，歷兩千年朝代更替和戰亂洗劫，能夠保存這樣珍貴而豐富的史料，實在是件幸事。但這五十八篇中又分成「伏生」系統三十三篇、〈泰誓〉三篇和「晚書」系統二十二篇。以下簡單交代一下各自的來歷：伏生是秦的博士，秦始皇焚書時，他冒死將《尚書》藏在牆壁內，後來兵亂流亡，到漢惠帝時禁書令取消，垂老的伏生回去搜尋藏書，但只剩下二十九篇了。伏生用此殘本在齊、魯間講授，他的學生用隸書寫定，稱為今文《尚書》。後來的人又將其中〈盤庚〉析出三篇，並從〈堯典〉中析出〈舜典〉，從〈皋陶謨〉中析出〈益稷〉，湊成三十三篇。至於古文〈泰誓〉三篇，則是漢宣帝時河內女子收拾老屋而發現的。這些都是屢遭戰亂而未散失的。其間魯恭王曾在漢武帝末年因擴建宮室而在孔子故居的牆壁中新發現古文《尚書》十六篇，藏於政府之中，而且漢代皇宮中可能也藏有秘本的百篇《尚書》全本。可惜在晉永嘉之亂中散失。東晉梅賾向朝廷獻出孔安國《孔傳古文尚書》，又新增出二十二篇，因學者們多懷疑這部分內容是偽造的，故而稱作「晚書」。

盤庚遷殷前的動人演說

遠古的國都，曾多次遷徙。在成湯立國之前遷徙過八次；從成湯建立商王朝到盤庚之世，又遷徙過四次；而盤庚的由奄遷殷，則不僅克服了跨越黃河的巨大困難，也說服了反對遷徙的上層貴族，成為商民族最後的也是最著名的一次遷徙。但成湯立國前的八次遷徙，從東部沿海地區向豫、冀、晉一帶緩慢移動，最後盤桓在今河南商丘附近，完全是由商族作為源起較早的遊牧民族，長期過著「逐水草而居」的經濟生活所決定的。夏朝末年，由於劇烈的氣候變遷導致草原乾涸（《管子》「湯七年旱」），成湯迫於商族的生存困境，急於向農耕聚居區擴展，於是率諸侯西進，發動了和夏族的戰爭。商王朝從此確立了以東部平原為中心的統治，此後雖仍保持著漁獵的傳統，但已開始從事農業，所以遷徙的次數已不像前面那樣頻繁了。不過農業社會的初興總是伴隨著先民在一片黑暗矇昧中艱難的經驗積累和智慧摸索。商民族的農業水平較為原始，那時由於地力逐漸衰竭，收獲逐年減少，為繼續發展農業生產，只有不斷地改換耕地。這樣的農耕方式叫做游農。要知道長久定居條件的成熟總是和一個民族的農業生活的成熟相伴隨的。可明明糧食收成在年年減少，農夫農婦在日日憂煩，上層貴族們卻只圖自己安逸，將民眾的意見隱匿不報，這該多麼讓人焦心！據《尚書》中的〈盤庚〉中記載：民眾不喜歡奄地的舊居，要求遷徙，他們向盤庚的貴戚近臣們呼籲，說出一番正直的話。這段話因為出自商代底層民眾之口，顯得活潑而又精彩。民眾們說：從南庚遷到奄地，經陽甲到盤庚，我們這些農夫農婦，沒因為環境日漸惡劣而死盡，但是如今即使我們相互救助，也生存不下去了！那麼，問卜於龜又能怎樣呢？該遷還是要遷！這果決明快的風格，這務實理性的精神，正是先民人生哲學的絕佳展現。下面說到：「恪謹天命」而「於今五邦」（西亳、囂、相、耿、奄）正是先王的傳統，而今卻「不承於古」，不知這正是「斷命」之舉啊！只有快從舊邑遷到新邑，才能像伐倒的枯樹發出新芽，恢復先王的大業才有希望。這裡生動形象的比喻恰是民眾樸素深厚的生活智慧的流露。

商王盤庚聽到民眾的這些話，有所覺悟。他把邦伯、師長、百執事之人以及貴戚近臣們都召集到朝中來，開始向這些上層貴族訓話。這其實即是在遷都大事面前整個商城邦召集的長老會議。商王盤庚先作了講話，他要求這些人不要沉湎於康樂安逸，而要對民眾的感受更多的體諒和了解。從前先王之所以任用這些世臣貴戚的「舊人」參與國事，是因為這些人能夠做到一言一行並不隱藏內心的意旨，因此民眾們的意見都毫無保留地反映了上來。這些勸誡反復強調「民」即下層民眾才是宗邦的根本，而「舊人」只有順應「民」意才可以被任用。大概這些話惹惱了這些反對遷都的貴族們吧！他們當即在長老會議上紛紛闡述理由，和盤庚爭辯起來。看來長老會議的結果的確是不利於遷都的。盤庚於是勃然大怒，意思是說：現在你們竟愚蠢自用地聒聒亂說，生造並且發揮險惡、膚淺的浮言以迷惑民眾，我不知道你們這樣爭辯用心何在！不是我荒廢先王任用「舊人」的原則不施行，而是你們不照先王訓誡的那樣做！你們聒聒亂說，根本不敬畏我，不聽我的話。我看得很清楚，我也有問題，是我不善於謀劃，才造成了你們的過失。盤庚那銳利的詞鋒、充沛的感情、沉痛的自責都傳達得活靈活現。「觀火」的比喻生動而且貼切，漸漸演變成「洞若觀火」的成語，一直沿用至今。

由於盤庚定下了遷都的決心，一場以「詢國遷」為主題的更大規模的邦人大會正式召開了。時間在公元前十五世紀初葉，是古代中國有文獻可查的最早一次邦人大會了。會議是這樣開起來的：民眾們都來了，在王庭裡惴惴不安地等著。盤庚招呼大家靠近些，他當然知道如果自己也贊同那些邦伯、師長、百執事之人以及貴戚近臣的意見，遷都的事就沒了指望，而這正是民眾們不安的原因。因此他才說，我是順從你們盼望安居樂業的想法，亦考慮你們的願望和利益，決定遷都，而絕不會懲治你們，因為你們本來沒有過錯。遷都不僅是你們的願望，也是先王的意願。這樣，邦人大會當然一舉通過了遷都的決議。在會議的末尾，盤庚激動地說：去吧，去謀生吧！我現在就要帶領你們遷移，在新的地方為你們建立永久的家園。這「永建乃家」的祈願竟真的成了現實，在新都殷地，商民族的農業生活漸漸成熟，告別了原始的「遊農」時代，徹底定居了下來。這就是有名的「盤庚中興」。

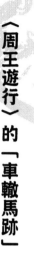

〈周王遊行〉的「車轍馬跡」

周穆王的時代距今約兩千九百年，他的統治長達五十五年，但因年代久遠，只有零星的記載可以窺得其性情之大概。〈周王遊行〉全然是身隨周穆王征巡四海的一位史官所作記錄，將穆王「周行天下」的「車轍馬跡」依次寫來，毫無靡遺。其實如《孟子・告子下》所云，「天子適諸侯曰巡狩」，周穆王的巡遊正是有周一代不多的巡狩事例之一，他作為大旅行家的情志與氣魄能夠得以舒張，是和西征犬戎取得勝利大有關係的。穆王西征犬戎，祭公謀父就百般勸阻過，然而無效，出兵的結果是得到四隻白狼、四隻白鹿，還有一把削玉如泥的寶刀。這樣，周朝在遠方少數民族中的威勢加強，穆王作為一代雄主的英名也傳遍海內，西巡的障礙掃蕩一空。於是穆王帶著大批財寶和「六師」人馬，乘著造父駕馭的八匹駿馬拉的車子，從成周出發，進入河南，並沿太行西側渡過黃河，越過今山西平度的磐石，以日行千里的速度徑直西行。據說他向東、向北皆走過二億多裡，向南、向西皆走過一億多里，轍跡遍及天下。這樣，穆王這場浩大的遠遊到底去過哪些地方，就成了近世學者爭論的焦點。

按傳統的說法，並參照《竹書紀年》的有關記載：「穆王北征，行流沙千里，積羽千里」，是指到達了今內蒙西部的居延海、巴丹吉林大漠一帶；「西征崑崙邱」是說到達了祁連山地附近的青海湖頭；「見西王母」於張掖的南山，然後進入新疆的田河、葉爾羌河一帶，並從此往西北行進，到達兩千里外「飛鳥所解羽」的地方，即今中亞一帶。西晉的著作佐郎郭璞為《穆天子傳》作注釋，直到民國學者衛聚賢先生的《穆天子傳研究》採取的差不多都是這種觀點。只是衛聚賢將「西王母之邦」指派在歐亞兩洲交界的烏拉爾山，就更顯出穆王此行的宏闊與雄奇了。〈周王遊行〉雖是「起居注」性質的史官實錄之筆，但無論周穆王還是他身邊的史官都難逃脫上古神話思維的影響，不免稍涉誇張；而且關於三代山川部落的記載往往具有模糊性和流動性，很難用後世情狀強加比附，這些都使它不斷受到疑古派學者的懷疑。其實周民族始源於黃帝，實乃狄人之一支，其先世越過陰山，然後「自西徂東」（《詩經》語），漸漸興起壯大；穆王的西北之遊，很可能是對先祖遷徙路徑的回溯。追尋來路，朝拜故鄉，正是人類精神世界裡恆久不息的渴望。而且周時的交通未必如後人想象中達到舉步維艱的程度，黃帝族以遊牧見長，車戰、騎術、兵器，正是它能夠統帥中原的強勢所在，這縱橫馳騁的剽悍傳統也正是周穆王「欲肆其心」的淵源。這場遠遊達到甘肅和新疆境內，應該是足可信據的史實。

周穆王會見西王母的一段怕是〈周王遊行〉中最精彩的篇章了。西王母，實際是西方的貊族，周時可能居於甘肅一帶，其族酋長是一位風華典麗的女子，她的氣度姿容深深吸引著貴為天子的周穆王。穆王帶去了玉圭、璧和絲織品，並與她在瑤池舉行酒會，席間氣氛十分融洽。西王母情意綿綿地向穆王發出邀請：「白雲在天，山陵自由，道裡悠遠，山川間之。將子無死，尚能重來。」激動的穆王當即作謠答之：

> 予歸東土，和治諸夏，萬民平均，吾顧見汝。比及三年，將復而野。
>
> （釋文：我回到那東方，好好治理周邦。實現百姓均平，才能再來探望。用不了兩三年，一定再來你這裡。）

西王母為穆王的誠摯情感深深打動，又吟誦道：「……嘉命不遷，我惟帝女……吹笙鼓簧，中心翔翔。」意思是說：願你信守諾言，我也堅貞不變。今朝送行之宴，內心浮想聯翩！穆王在西王母之邦逗留了四十四天，登上弇山，題寫了「西王母之山」的「名蹟」，終於依依不捨地告辭，繼續向西北行進了。這段愛情的結局是令人傷感的，周穆王回到成周之後，由於政務的繁忙，就再也沒能重遊「西王母之邦」；不過西王母可能後來又來到中原，或者竟和周穆王異地相逢，重溫舊夢？但亦是不得而知的推測之辭了。

《詩經》是怎樣採集的

《詩經》收錄的作品創作年代相距甚遠，其中最早的作品是〈商頌〉，大約創作於公元前十二世紀或更早；最晚的是〈陳風・株林〉，大約創作於公元前五九九年。其產生的地域大約包括現在的山東、山西、河南、河北、陝西、安徽、湖北北部的長江流域。這樣漫漫數百年、綿延數千里的時空中產生的詩歌，如何匯聚於一部《詩經》中？

這在幾千年前的周代，的確是一個難解的謎。靠詩三百篇本身無法完全解開這個謎，我們只有依靠後人的記述與推測，捕捉一切信息，才能逐漸揭示出謎底。古代早設有採詩之官。這在東漢班固的《漢書・食貨志》中記載更為全面：

孟春三月，群居者將散，行人振木鐸循於路以采詩，獻之太師，比其音律，以聞於天子。

意思是說，每年初春的時候，集居的人群將要散到田間去勞動，這時就有朝廷派出的行人之官，敲著木頭梆子在路上巡遊，把民間傳唱的歌謠採集起來，然後獻給朝廷的樂官太師，由他審訂、編曲，再給天子演奏。類似的描述在《孔叢子．巡狩篇》、何休〈公羊傳解法〉等中也有，這就是「採詩說」。那麼，朝廷為什麼花費這麼大的氣力進行采詩的工作呢？其目的首先在於考察民情。中國是一個詩的國度，早在《尚書．舜典》中就有「詩言志」的記載，這說明當時人們已經認識到了詩歌抒發情感的本質特徵。既然詩是抒發情感的，而各種情感又往往是在一定的社會環境和歷史條件中產生的，所以通過詩歌所表現的內容就可以了解到當時的社會情況。可以說周朝設立採詩官，首先是為了考察人民的動向，了解施政的得失，以利於鞏固統治。我國古代非常重視音樂教育，傳說中的舜就曾讓夔掌管音樂，並讓他以詩、樂教育子弟。在這裡詩、樂、舞是三位一體的，這帶有原始藝術的特點。而詩、樂不僅可以使人欣喜歡愛，養成一種正直而溫和、寬宏而莊嚴、剛毅而不冷酷、簡古而不傲慢的品性，而且詩與樂的配合達到一定境界時，可以使神與人交流思想感情而能夠協調和諧，甚至於能夠以樂來感百獸，使它們相率而舞。而在周代，詩、樂除了培養人的品德性格，使之能夠和諧地處理好上下左右各個層次的關係外，還有一個更實際的用途，即賦詩言志。民間詩歌那種鮮活的語言、生動的形象、豐富的意蘊，可以使貴族子弟、各類官員在許多場合下，截取其中的詩句以表情達意。這種教育子弟的需要，是周代採詩的又一目的。

另外，民間的歌謠具有清新、活潑、生動、形象、玲瓏剔透的特點，與宮廷音樂的典雅、板滯截然不同，因而參照民間音樂，制禮作樂，應用於祭祀、燕饗等場合，可以使氣氛熱烈，創造出一種其樂融融的情境；將這些採集來的歌謠直接進行演奏，更可使聽膩了宮廷之樂的諸侯、貴族，有一種別樣的感受，以此來滿足耳目之娛。

當然，收錄在《詩經》裡的詩歌，除了採集上來的民歌之外，還有通過獻詩的途徑集錄上來的。

不管周代採詩出於怎樣目的，客觀上為我們保存下諸多當時的民間歌謠，使我們了解豐富多彩的周代生活，體味幾千年前民眾的喜怒哀樂，欣賞到民間歌謠的多樣風格。

春秋時期的賦詩時尚

在春秋時期，人們在典禮上、宴會上，在外交往來乃至日常生活中，將所處的情境與詩句聯繫起來，委婉地表情達意或美化辭令。這在古籍中多有記載，僅《左傳》一書，以詩應對，或談判政治，或稱敘友誼，就達一百五十餘處。賦詩言志，儼然成為春秋時代流行、時髦的社會風尚。

《漢書．藝文志》上說：「古代諸侯及卿大夫與其他國家交往的時候，往往以婉言互相溝通，在見面致禮及會盟典禮時，一定賦詩以明志，大約從這裡可以分辨出人物的賢能與否，了解到國家的治亂盛衰。」稱詩喻志，可以臧否人物，還能夠觀國家興亡。意義如此之大，所以春秋時期的諸侯卿大夫都是從小就開始學詩，無論是涉職從政的男子，還是待字閨中的少女，也無論是中原各國，還是異族蠻夷，都必須將《詩》爛熟於心，做到隨時稱引。在當時，不能賦詩或聽不懂別人賦詩含義的人是被人所鄙視的。

《左傳・襄公二十七年》記載，齊國慶封好田而嗜酒，貪得無厭，又不講禮儀。這一年，他到魯國訪問，坐的車非常華美。孟孫對叔孫說：「慶封的車，真是華美啊！」叔孫說：「我聽說其人之衣著、車馬、佩飾不與其人相適應，必得惡果，光有美車有什麼用？」叔孫請慶封赴宴，他表現得很不恭敬，叔孫便朗誦了〈相鼠〉一詩。〈相鼠〉是〈鄘風〉中的一篇，詩中有「人而無儀，不死何為」、「人而無恥，不死何俟」、「人而無禮，胡不遄死」之句，意思是人活在世上，應該懂得禮儀和羞恥，否則還不如死了，以此來諷刺慶封的不敬與臭美，但慶封卻不知道什麼意思。〈昭公十二年〉還記載，宋國的華定到魯國訪問，為新即位的宋君通好。魯國設宴招待他，為他賦〈蓼蕭〉這首詩，這首詩在〈小雅〉中，就是用於宴會的。詩中有「既見君子，我心寫兮。燕語笑兮，是以有譽處兮」之句，意思是看到對方到來，內心非常高興，飲酒談笑，歡樂而難忘，對華定的到來表示歡迎；詩中還有「既見君子，為龍（寵）為光」之句，意思是看到君子的到來，又能陪君子用餐，感到非常榮幸；詩中還有「宜兄宜弟，氣德壽豈（愷）」之句，意思是彼此有如兄弟之誼，讚美對方德高壽長；詩的最後兩句是「和鸞雍雍，萬福攸同」，意思是祝願未來萬種福澤齊聚共享。魯臣通過《詩》是又歡迎，又讚美，又謙遜，又祝願，熱烈有加，熱鬧異常，怎奈華定卻一句都不懂，也不賦詩回答。於是昭子很氣憤，並由此評價他說：「他將來必定會逃亡。因為詩中所說宴會的情誼不懷念，寵信和光耀不宣揚，美好的德行不知道，共同的福祿不接受，他怎麼能夠長於其位呢！」

而在外交的場合，如果賦詩恰到好處，則往往能夠取得預想不到的效果，在融恰的氣氛中，化險為夷，化干戈為玉帛。《左傳》記載，衛國侵佔戚的東部邊邑，殺掉晉國戍卒三百餘人。於是晉與魯、宋、曹等國在澶淵會盟，討伐衛國，奪回戚田，並攻取衛西部六十個邊邑。衛侯被迫到晉國會盟，卻被盛怒中的晉人抓了起來。襄公二十六年（公元前五四七年）秋七月，齊侯和鄭伯相約到晉國為衛侯求情，晉侯設享禮同時招待他們。在諸侯爭霸、戰亂頻仍的春秋時代，賦詩言志為血腥的政治鬥爭蒙上了一層文質彬彬的溫柔色彩，也算是中國詩歌史乃至中國文化史上的一大景觀。而從賦詩言志的形式來說，這是否就是後來文人飲酒賦詩、互相唱和的濫觴呢？只不過後代賦詩大部分是自己做詩罷了。

農神後稷的傳說故事

周的始祖是農神後稷，他的孕生便富有神異色彩。后稷的母親叫姜嫄，有一次她到郊野，突然看到一個巨大的腳印，她感到非常奇怪：這麼大的腳印，該是怎樣大的巨人啊！於是懷著少女的好奇之心就用腳去丈量，而當她的腳踏在這巨人之跡的大拇指印的時候，感到體內一動，便懷了身孕，懷孕之後的姜嫄，居處行事處處虔誠恭謹、敬穆肅然，懷胎十月，便生下了後稷。

后稷的誕生也奇異非凡，母親產門不破，嬰兒胞衣不裂（「不坼不副」），一生下來就是一個圓圓的大肉蛋（「先生如達」）。因而雖然平安降生，無災無害，也使得姜嫄惶恐不安。姜嫄以為這是不祥的徵兆，便將這異樣的怪胎遺棄。但更神異的事情發生了：把他拋棄在狹巷中，牛羊都來庇護他；放到樹林中去，恰巧趕上人們在伐樹；再把他扔到寒冰上，又有大鳥飛來以羽翼覆蓋保護他。後來大鳥飛去，後稷才哭出聲來。看起來這個大肉蛋在大鳥羽翼孵化、啄食下，才掙開胞衣，發出哭喊。姜嫄領悟到，這一定是神的賜予，才抱回家撫養。

後稷從小就有「屹如巨人之志」，顯示出非凡的才能。剛會匍匐爬行，就能夠自求食物，遊戲時也願意擺弄莊稼，「好種麻菽」。稍長就善於耕作，任何穀物瓜果，一經他手，即大獲豐收：種大豆，大豆茂盛；植禾苗，禾穗沉沉；藝麻麥，麻麥繁密；稼瓜果，瓜果累累。他鋤雜草，播良種，田野裡穀物壯盛，顆粒飽滿，一派豐收景象。於是他率領部眾在邰（今陝西省武功縣）安居下來。

後稷從匍匐爬行到稍長教民禾稼，到後來帶領周族定居有邰。從〈大雅・生民〉的史詩中，特別是歌頌后稷的優美的旋律中，我們彷彿可以看到周人歌唱始祖——神異英雄后稷時的欣喜敬慕的神情；它還形象地描繪了農作物的生長過程，從豐富多彩的詞語中，我們似乎可以聽到莊稼拔節抽穗的聲音，看到菽瓞千頃、麥浪千重的畫面，感受到勞動的熱烈氣氛和生活的幸福景象。周人由遊牧生活進入了安居農耕的生活，對以農業為主的周族來說，具有奠基之功和重要意義，因而史詩特別突出了這一點。

後稷在帶領周族定居有邰，並在農業生產取得了重大發展後，沒有忘記天帝的恩惠，於是他創造了祭祀，運用一種特殊的方式感謝天帝。

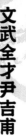

文武全才尹吉甫

「槊」是古代的一種常見兵器，即長矛，提到它，我們腦海中首先映現的是武士橫執長矛、拼殺疆場的形象。詩是人們表達情感的一種重要工具，看到它，我們自然會想到文人學士飲酒賦詩，互相唱和的雅興。「槊」與「詩」，一文一武，本不相干，但人們偏偏願意把這兩種表面互不相容的事物聯繫起來，並用一個情感色彩很濃的動詞支配它們，造出了一個成語——橫槊賦詩，用來形容儒將既建功疆場，又名震文壇的風采。人們首先用它形容曹操父子，以後又有周瑜等人。但實際上這類文武全才的人物在中國文學史上早已出現，而有明確記載的首先便是周代的尹吉甫。

尹吉甫是周宣王時的一員大將。周宣王即位時，西周已經衰落下去，周圍各遊牧部族也趁機加緊了對周的侵略與掠奪，所謂「戎狄交侵，暴虐中國」。因而周宣王即位之後，一方面「內修政事」，進行社會政治的改革與建設；另一方面「外攘夷狄」，多次率軍或派將四處出擊。尹吉甫曾在率領軍隊、抗擊玁狁的戰爭中屢立戰功，聲名遠揚。《詩經・小雅・六月》便是歌頌他奉命北伐獲勝而歸的詩。

〈六月〉一詩描述外族入侵、宣王授命之後，從準備到出征、從交戰到勝利、從班師回朝到設典慶功的全過程，塑造了「萬邦為憲」的尹吉甫形象。詩開篇即寫「六月棲棲，戎車既飭」，按古代兵法慣例，冬夏不興師，而現在夏六月卻破例出兵，可見戰事十分危急，作品開頭便創造了一種緊迫惶急的戰爭氣氛。正是在這樣的氣氛中，詩篇展開了具體描繪：主帥尹吉甫的治軍有方、指揮若定，周軍將士們的同仇敵愾、鬥志昂揚，反侵略戰爭場面的浩浩蕩蕩、氣勢壯盛。

尹吉甫是個歷史人物，但被寫入詩中，他已經成為一個藝術形象，而對藝術形象的塑造，也便反映出詩人本身乃至一個民族的某些文化心理。對尹吉甫這個形象，作者沒有著力渲染他的剽悍勁健、技藝高超，而是精心刻畫他指揮若定、從容不迫的氣度。作品寫到周朝軍馬健壯無比、兵士威武整齊：「四牡騤騤，載是常服」（四匹馬兒很強壯，旌旗插在戰車上），「比物四驪，閑之維允。維此六月，既成我服。」（四匹黑馬都強壯，習戰全靠法度良。儘管是在六月中，也已備好我戎裝）。作品還寫到了戰場上周軍的表現：旌旗繡繪著鳥隼的形象，白色的飄帶鮮明飄揚，最大的戰車有十乘之多，已經先行衝破了敵人的戰防。軍隊訓練有素，軍馬合乎法度，衝鋒銳不可當，這都從側面烘托了主帥尹吉甫的治軍嚴格、領兵有方。直接寫尹吉甫，先說「獫狁孔熾，我是用急」，敵人侵略猖狂，形勢十分緊張，因而主將也心急如焚，但奔赴戰場的時候卻是：

我服既成，於三十裡。……戎車既安，如輊如軒。四牡既佶，既佶且閑。

他帶領穿著戎裝的周軍，每天只行軍三十里。他乘坐的戰車前進時非常安穩，可以隨意俯仰。四匹駕車的馬氣宇軒昂，走在路上熟練安閒。這樣寫，並不使我們感到他自驕輕敵，貽誤戰機，而恰恰相反，詩歌通過對行軍、兵車、戰馬的描寫，把周軍統帥尹吉甫的從容鎮定、遊刃有餘的大將風度襯托出來。

尹吉甫還是文武全才，因而詩人稱他「文武吉甫，萬邦為憲」，是萬方的典範和榜樣。

形神兼備的田獵詩

田獵，是我國上古原始農業經濟的重要補充，《詩經》對此有著生動而形象的反映。根據文獻記載，西周春秋時期，各級貴族多有供狩獵遊樂的苑囿。天子之獵已如上述，那麼貴族之獵呢？

貴族田獵的場面、氣勢，由於苑囿規模的限制，自然沒有，也不許有天子之獵的恢弘；但它在氛圍的製造、獵興的渲染等方面，一點也不因之遜色，請看〈車攻〉描繪出獵的畫面：

出獵的服飾多鮮豔：紅圍裙，金黃鞋；出獵的儀仗多顯赫：旗幟飄，旌旄揚；出獵的人兒多興奮：人聲雜，笑語歡；出獵的馬兒多歡快：蕭蕭鳴，款款跑。收獲的禽獸一排排，廚房的野味數不清。

因為沒有天子參與，貴族們多了放鬆和自由，少了天子在場的拘束，貴族之獵較之天子之獵，其快樂有過之而無不及。把反映貴族田獵的〈車攻〉與描寫天子田獵的〈吉日〉加以對讀、比較，自然會獲得很不同的感受：前者側重於熱烈氛圍的渲染，後者則長於田獵過程的敘述。特別需要指出的是，在〈車攻〉裡創造出了一聯千古名句──「蕭蕭馬鳴，悠悠旆旌」，這也是一則文壇佳話，它把喧與靜、動與閒作了非常富有藝術境界的對比，表現出了狩獵歸來，嚴整獵陣，清點獵物，以論高下時，人們既興奮又略有緊張的氣氛，使人頓生身臨其境之感，如睹其人，如觸其情，給人留下了很深刻的藝術印象，所以也自然地激發了不少後世文人對它的仿效。

田獵的場面中，最讓人賞心悅目的是獵者那神勇無畏的膽氣和箭無虛發的技藝。這在〈騶虞〉、〈叔于田〉、〈大叔于田〉和〈還〉四首詩中都有鮮明的描述。其中尤以〈大叔于田〉的描寫形神兼備，是其中的佼佼者。它寫一個叫叔的人，縱橫馳騁在獵場上，大顯身手，獨領風騷：

叔有讓人生畏的豪氣：赤膊空手捉老虎；叔有蓋世無比的禦技：駕馭駿馬似雁翔；叔有令人豔慕的射藝：百發百中不虛發。

由此把一位膽氣粗豪近似魯莽，身懷絕技近似天神的獵者形象，淋漓盡致地塑造出來了；他那君臨獵場、目空一切的個性也就鮮明、立體地凸現出來，為農業文明背景下的中國古典詩歌，增添了一種豪放的美、浪漫的美，而這種美又正處在歷史的源頭處，因此也就更加彌足珍貴。

如果說田獵場面的描述和神勇獵者的描摹都帶有外在的性質，那麼田獵的過程中獵者那躍動的心靈和流動的情愫，則又為這類題材的詩歌添上了必不可少、頗為精彩的一筆，從而情貌無遺地表現了鮮活多姿的人物。

這裡既有〈兔罝〉裡表現的一群武士們在路口、在林中設置兔網過程中，因為在內心感念自己竟成為公侯的心腹而洋洋自得、喜不自禁，因而顯出「赳赳武夫」豪氣的描述；也有〈采綠〉裡居家妻子惦念外出漁獵已經六天不歸的夫君，心裡一會兒忐忑不安，一會兒又幻想夫君歸來後，共賞鰱魚、鯿魚豐收的歡樂，一會兒又計劃著夫君回來後，把頭髮洗乾淨，清清爽爽伴夫君的細膩、微妙的心理活動，真實、傳神而又生動、感人。

可見《詩經》中的田獵詩是涉及了社會上各階層的人物，也反映了各色人物豐富的心態，體現出了兼重形神、情貌無遺的特點；同時它既有田獵場景的正面描寫，也有居家思婦的側面烘托，反映田獵生活的視角靈活、視野廣闊，顯示出了足以垂範後世文學的偉大創造力。

最後要說及的是，春秋時期的狩獵一般在農閒時進行，且與軍事演習相結合。《左傳》隱公五年說：對貴族和王室說來，狩獵除了是一種娛樂外，也是與「祀與戎」相關聯的：既可以用獵物作為祭品，又進行了軍事演習，是一舉數得的好事。

上古時期的婚戀習俗

上古時期，春天有臨水祓禊的習俗，這也是未婚男女聚會狂歡的節日，他們藉此機會彼此相謔，尋求配偶。臨水祓禊，就是洗澡除災。這種民風盛於鄭國，《太平御覽》引《韓詩章句》說：三月上旬，正是春光穠麗的時節，人們度過了索寞的寒冬之後，紛紛到郊外領略明媚的春光，愉悅自己的身心。因此，三月上巳也就約定俗成地演變為民間的遊春節日。這一天也成為情人約會的好時光，少男少女自由交遊，互訴心曲，澆水洗身，揚水相戲，並相互饋贈，以表示友好和愛情。〈鄭風．溱洧〉為我們描繪了這樣一幅景象：季春三月，流水清澈的溱洧河畔，青年男女手拿蘭草，成群結隊地來到水邊。其中一對在遊春時不期相遇，兩人一見鍾情，相約同行。他們在澄清的水中，洗掉汙穢，拂除邪惡，彼此揚水相戲，談情調笑，無拘無束。歡快愉悅的環境，明朗妍麗的意境，活潑傳神的對話，把這對青年戀人的幸福與歡樂刻畫出來。這裡的「伊其相謔」包含著當時揚水戲謔的擇偶習俗，以水相澆，戲謔求愛，最後互贈芍藥以定情。

這種習俗在《詩經》以「揚之水」名篇的作品中得到了更為明確的反映。寫男女潑水洗濯，相謔調情，接著主人公便以比喻象徵的手法表明心蹟：自己毫無隱瞞的忠誠之心像潔白無瑕的河石一樣，自己願意與心上人像天鵝那樣自由自在地比翼高飛，像天鵝雌雄交歡一樣相伴相隨。可見這是民間一種重要的擇偶形式。現在雲南西雙版納傣族、白族還有潑水節，也應該是這種風俗的流傳。

《詩經》反映出上古時期結婚有贈送束薪的習俗（與束薪並稱的還有束楚、束芻、束蒲），這是說，準備束薪之時，三星出現在東南方；束薪準備就緒之後，就要前去迎娶新娘；因為今晚就要見到日夜思念的美人，內心充滿了歡暢；由於心中滿是激動與興奮，竟至面對新娘不知如何是好。可見，束薪是男子的新婚禮品，必須在迎娶新娘之前準備好。

薪是薪草，束薪就是成捆的薪草，其用途是供迎娶新娘時餵馬之用，〈周南・漢廣〉所說「翹翹錯薪，言刈其楚。之子于歸，言秣其馬」，就是這個意思。這種薪草是用白茅捆結。白茅非常柔軟，多用於包裹禮品贈物，具有莊重的意義，因而具有戀愛或婚姻關係的男女在贈送禮品時，往往以白茅捆結。以束薪作為新婚禮物，與當時生產力發展水平有關，在以畜力車作為主要交通工具的古代，保證牲畜的飼草供應是極其重要的。為過路、來訪客人的馬匹提供飼草，在禮文中有著明確的規定。古代普遍存在著準備薪芻以待客人的風俗，新郎為新娘送親車籌措束薪也就不足為怪了。〈唐風・綢繆〉描寫的便是男子在迎娶新娘臨行前緊張綑束薪草的情景。男子對於作為新婚禮品的束薪親手割、親手綑，這是表示莊重。婚禮中新郎贈送自己親身勞動的成果，這是對對方的尊重，也表達了要使婚姻鞏固持久的願望。

揚水定情，束薪迎娶，這在上古時代是一個非常普遍的婚戀習俗，反映了當時淳樸的民風。了解這一民俗，掌握某些詞語的特定含義，我們便可以對《詩經》某些篇章的思想內容、表現手法和具體詞義，得出更接近於本義的認識。

衛宣公築「新台」籠美

衛宣公是春秋時期衛國的一個荒淫無道的君主。早在他做公子的時候，就無恥地與庶母夷姜私通，亂倫後生下個一個兒子，名叫急。

衛宣公即位後，馬上公開了他與夷姜的醜惡關係，立她為夫人，立他的私生子急為太子。太子急就是在這樣的環境中逐漸長大，轉眼間已經是二十幾歲的小夥子了。太子急的老師右公子職為他做媒，從齊地娶來了一個女子。宣公聽說齊女容貌美豔，是絕代佳人，便垂涎三尺，企圖佔為己有。他急忙派人選用衛國上好的工匠與材料，在衛國邊境處建築了一個華麗的宮殿，名叫「新台」。這新台雖不及都城中王宮的雍容富麗，卻也建得精巧別緻，獨具風格，讓人流連忘返。宣公料定衛國迎親的隊伍已快到達衛國，便提前來到新台，等候齊女的到來。待他看到齊女天姿國色，頓時魂不守舍，色眼放光，恨不得立即把她擁入懷中。

齊女隨迎娶的隊伍渡過黃河，進入衛地，首先映入眼簾的便是這金碧輝煌的「別墅」，再想到馬上就要看見思慕已久的英俊瀟灑的年輕郎君，心裡自然喜滋滋的。萬萬沒想到，後來圍著她團團轉的，卻是一個滿臉淫邪之色的乾癟老頭兒。而這衛宣公既是一國之君，又是其夫之父。齊女只能忍氣吞聲，卻無處去申訴，就這樣稀裡糊塗地被公公霸佔了去。齊女在新台一住就是幾年，她為衛宣公生了兩個兒子，一個叫壽，一個叫朔。

衛宣公把兒媳占為己有的醜行，很快在衛國朝野傳開了。太子急的母親、衛宣公的夫人，不能接受這種淫亂的事實，感到無臉見人，便在嫉妒、絕望的心情中上吊自殺了。衛國的百姓也感到這事十分可恥，他們編諺語、唱歌謠，用另一種方式諷刺衛宣公。夷姜自殺後，衛宣公並沒有警醒，而是覺得自己又有了一次機會。於是他迫不及待地立齊女為夫人——這就是宣姜。宣姜最初被聘為太子急之妻，等到了新台，卻一下子變成了急的庶母。她對太子急由羞愧而生仇恨，必欲置之死地而後快。於是便同她的小兒子朔一起，讒毀太子急。衛宣公搶占了兒媳為妻，因亂倫悖理而心懷鬼胎，也一心想廢除太子。於是，他不管宣姜母子說的是否有理，便設計加害。他讓太子急出使齊國，臨行前，賜太子白旄，作為使節的標誌，暗地裡卻派遣刺客，看到拿白色旄節的格殺勿論。宣姜的另一個兒子壽知道這個陰謀，就勸太子急趕快找機會逃走。但急認為這是君父之命，不能逃避。壽趁為急送行時把他灌醉，偷偷拿著白旄先行，在邊境果然遇難。急趕到後，對刺客說：「君命殺我，壽有何罪？請把我殺掉吧！」於是他也被殺害了。

許穆夫人作〈載馳〉

在中國文學發展史上，愛國主義精神像一條紅線，貫穿於始終，並放射出最耀眼的光芒。屈原、杜甫、陸游、辛棄疾等文學家，都奏響了時代愛國樂章的最強音。而產生於春秋時期、收錄於《詩經》之中的許穆夫人所作的〈載馳〉，就是這部樂章開篇時一個強勁的音符。

〈載馳〉的創作，要從衛國的幾近滅亡說起。

衛宣公在位二十年。他死後，他與兒媳齊女所生的第二個兒子朔繼承了君位，這就是衛惠公。衛惠公在位三十一年而死，他的兒子赤即位，這就是衛懿公。

當初，公子朔曾夥同其母讒毀太子急，致使太子急與公子壽同時遇難。因而衛國的臣民不僅非常痛恨君王的荒淫無道，而且對公子朔以及其子太子赤的即位都有所不服。

衛懿公即位後，非但不接受父祖輩們的教訓，反而更加「淫樂奢侈」。他不理朝政，遠離賢臣，而親近奸佞，寵愛物類。在眾多的寵物中，他最喜歡鶴。鶴毛白頭紅，長喙高足，能鳴善舞，視遠壽長，這些無不使懿公格外喜愛。於是他百方羅致，重賞獻者，使苑囿宮廷，無處無鶴。他所畜養之鶴，都有品位俸祿：好的食大夫俸，差點的食士俸。懿公如果出遊，其鶴也分班隨從。既要滿足眾鶴的口腹，又要供俸養鶴之人，因而便只有橫徵暴斂，人民怨聲載道。

懿公九年（公元前六六〇年）十二月，狄人伐衛。此時，懿公正欲載鶴出遊，聽到狄人入侵的報告，慌忙組織京城及四郊的百姓進行抵禦。但百姓對惠公朔讒殺太子急自立為君，而其子懿公赤繼之而立，早已不服，常想找機會懲罰他們；再加上懿公重物輕人，親佞遠賢，又兼橫徵暴斂，殘害百姓，因而必欲除之而後快。被徵召來後，他們相互示意，紛紛聲言：「君王授予祿位的是鶴，君王厚賞看重的是那些宮人。讓那些富貴的宮人帶領鶴陣對敵好了，我們這些人哪有資格上戰場啊！」於是四散逃走。

懿公自知已失去民心，只好帶領城中部隊出城禦敵。衛、狄兩軍戰於熒澤，倉促應戰的衛軍，怎能抵擋住狄軍的精兵強將！戰爭的結果是懿公被殺，衛軍失敗，衛國滅亡。衛國的遺民在漕邑（在今河南滑縣東南）擁立戴公為君。不到一年的時間，戴公又死去，文公繼立。

衛國是許穆夫人的父母之邦，戴公、文公與她都是同胞兄妹，因而這一連串的不幸消息傳到許國後，許穆夫人真是坐立不安，晝夜難眠。她決心衝破種種阻礙，趕回衛國，弔唁衛侯，慰問文公，為拯救災難深重的宗國盡自己的一份力量。

在是否應該回國這件事情上，許國大夫與許穆夫人的認識很不相同。他們以禮相責難，阻撓她回國。因為按照當時禮的規定，女子出嫁後，如果不是父母去世，就不能夠回家弔喪。《禮記》中就明確地說：「婦人非三年之喪，不逾封（邦）而吊。」懿公死於兵亂，戴公卒於寓居之地漕邑，都不能舉行盛大的葬禮，二人又非父母，所以許穆夫人回國便不能以奔喪為理由。但她早已明白宣稱：我回衛國，乃吊衛侯之失國；宗國破滅，這不是常有的事，既不能救，義當往弔。

但在許國人看來，許穆夫人作為「國母」，影響非同小可，她既不應該做出「非禮」的舉動，又不能以此舉惹怒了狄人，牽連到自己國家。因而在許穆夫人已經啟程並且快到漕邑的時候，他們又追來勸阻。他們只知道不能得罪狄人，卻不懂得「唇亡齒寒」的道理，衛國的滅亡不正給狄人清除了長驅直入的屏障嗎？更何況這一舉動雖不合於常禮，卻符合天理人情！因而許穆夫人憤怒地指責他們：「你們只考慮你們的『禮』，為什麼不想想我的國家！

面對我父母之邦的殘破與災難，你們這些男子漢卻拿不出哪怕是一條好辦法。我一個女子就是要看望自己的親人，拯救自己的國家，你們還有什麼可說！」

失去親人的痛苦，國家破敗的憂傷，使她五臟俱焚。她登上高高的山岡，遙望災難深重的家鄉，悲涼之情油然而生，情不自禁地唱道：

載馳載驅，歸唁衛侯。
驅馬悠悠，言至於漕。
大夫跋涉，我心則憂。
……

在這首〈載馳〉詩中，她描述了自己懷念宗國、奔赴國難的內心世界，表達了借助大國拯救衛邦的堅定信念，抒發了沉鬱悲壯而又纏綿悱惻的愛國情懷，擲地有聲，感人至深。詩人通過弔唁衛侯，憂慮國家，希望復國，同許國大夫論爭等一系列行動與心理活動的刻畫，突出了許穆夫人這一超凡拔俗的富於傳奇色彩的形象，而通過許國君臣的袖手旁觀，責難阻撓，更有力地反襯了許穆夫人的勇敢與偉大。一個通權達變、高瞻遠矚、義正辭嚴、義無反顧的愛國女詩人的崇高形象，活生生地展現在人們面前。

作為一個貴族婦女，在關鍵時刻敢於挺身而出，為拯救災難深重的祖國而獻出自己的赤膽忠心和智慧才華，盡己所能為國效勞，這種愛國熱忱，當時就感染了許多人。齊桓公同情姻親之國的遭遇，一方面親自率領各諸侯國的軍隊討伐狄人，另一方面又派公子無虧帶領三百輛戰車、三百名甲士保衛漕地。許穆夫人的這種精神，匯入中國文學的愛國主義傳統的長河中，成為一朵最為耀眼而美麗的浪花。

〈株林〉：陳靈公的荒淫醜事

胡為乎株林？
從夏南！
匪適株林？
從夏南！

駕我乘馬，
說於株野！
乘我乘駒，
朝食於株！

（釋文：去株林幹什麼？去找尋夏南啊！難道不是去株林嗎？為的是尋找夏南啊！駕著我的四匹馬，來到株林才卸鞍！乘著我的四匹駒，趕到株林吃早飯！）

這首詩題為〈株林〉，是《詩經．陳風》中的一篇。那麼，是誰這樣匆忙地趕往株林呢？株林是一個什麼地方呢？為什麼急於趕到株林吃飯？夏南又是什麼人呢？原來這裡包含著陳靈公喪身亡國的一段荒淫醜事。

春秋時期，陳是一個小國，處於楚、晉、魯等大國的包圍中，經常受「夾板子氣」。那時，鄭國也處於晉、楚的夾縫之中，但由於鄭國國君自強自立，再加上善用賢臣，所以在與大國的相處中，始終佔有一席之地。而陳國上沒有聖明的君主，下不用賢能的臣子，因而國內動盪不已，禍患不斷，在國外也始終難以自立。

陳靈公在位時，有一個名叫夏姬的女子，長得風姿綽約，妖豔迷人。她本是鄭穆公的女兒，在未出嫁時，就與庶兄公子蠻私通。不久，公子蠻短命而死。後來，她就嫁給陳國大夫夏御叔為妻，始稱夏姬。夏御叔的採邑為株林。夏姬與御叔生了一個兒子，取名徵舒。不幸的是，沒等徵舒長大成人，御叔便身染絕症，一命嗚呼了。

夏姬年輕守寡，獨居空閨，面對這風景秀美的株林，常常唉聲嘆氣，自嘆命薄。而夏姬的美貌早已名傳天下，許多男子想入非非，設法了解她的行蹤，偷偷尋找機會接近她。一時間，原本清靜閒適的株林熱鬧起來。

陳國朝廷中有兩個大臣，一個叫孔寧，一個叫儀行父。他們平時就不務正業，專干投機鑽營、溜鬚拍馬、壓制賢能、讒害忠良之事。他們知道陳靈公是一個淫邪之徒，便經常從各地選來美女，以討主子的歡心。夏姬的美貌與淫行，他們早有耳聞，於是不費吹灰之力，就為靈公與夏姬穿針引線，還經常陪靈公到株林與夏姬幽會。天長日久，二人也都與夏姬勾搭成姦，而且彼此之間毫不避諱。

一次，陳靈公與孔寧、儀行父竟穿著夏姬的內衣，會於朝廷。三人毫無羞恥之心，以內衣相互比看把玩，還拿與夏姬私通淫亂的細節彼此取笑。這一醜行穢聞傳出後，一些大臣非常氣憤，忠直的洩冶直奔宮中，向陳靈公進諫道：「國君和二卿在朝堂上公開宣揚淫亂，會給百姓做出什麼樣的榜樣呢？這樣做也將使陳國在諸侯中名聲掃地，所以請君王還是自重自愛，把那件汗衫收起來吧！」陳靈公表面上承認錯誤，心中卻很窩火。他將此事告訴了孔寧、儀行父，兩人覺得洩冶是顆眼中釘，於是請求靈公答應殺掉他。陳靈公昏聵無恥，色迷心竅，也嫌洩冶礙手礙腳，因而也不加勸阻。二人得到了陳靈公的默許，便毫不顧忌地將洩冶殺害了。

像洩冶這樣的重臣尚且被殺，別人再也不敢公開非議，沒有誰願意直言惹禍了。於是，君臣三人更加肆無忌憚，經常不理朝政，一起到株林去與夏姬尋歡作樂。

陳靈公十五年（公元前五九九年）的一天，陳靈公又微服私行，與孔寧、儀行父到夏姬家鬼混。夏姬同往常一樣，準備了豐盛的美味佳餚，來迎接君臣三人。這三人平時尚且戲於朝廷，現在一齊聚在夏姬家，酒酣耳熱、觥籌交錯之間，更是手舞足蹈，聲淫語浪。靈公對儀行父說：「徵舒有些像你，莫不是你生的？」儀行父也笑道：「有些地方更像您，恐怕是君主您生的吧！」徵舒當時在門外，聽到此言，不覺怒從中起。他平時對這幫淫亂的傢伙早已恨之入骨，於是埋伏下弓箭手，射死了陳靈公，孔、儀二人驚恐萬狀地逃亡到楚國。

對於陳靈公君臣的醜惡行徑，陳國的老百姓早已感到不堪入目，他們便用詩歌的形式加以揭露和諷刺，〈株林〉就是這樣一首詩。

「株林」是夏姬居住的地方；「夏南」即夏子南，子南是夏徵舒的字號。這裡雖只字未提夏姬，但卻將其醜事暴露無遺。據《禮記．禮運》篇記載，國君如果不是探視病人和弔唁死者而去臣子之家，便叫做君臣相謔，是不合禮法的。而此時夏御叔已死去多年，徵舒只是一個下層官吏，所以詩人在「胡為乎株林」、「匪適株林」的層層相逼的疑問和「從夏南兮」的恍然大悟的解釋中，已把陳靈公的醜惡用心揭示出來。又據記載，按照禮儀，大夫以上直至天子，都可以乘坐四匹馬駕的車，只是馬的叫法不同，標準有別：天子馬叫龍，高七尺以上；諸侯馬叫馬，高六尺以上；大夫馬叫駒，高五尺以上，因而詩中稱「駕我乘馬」、「乘我乘駒」。而古代又常用飲食饑飽隱喻情慾之事，因此詩中稱「朝食於株」。從這些描述可見，這正是陳靈公君臣三人不顧廉恥、相約到株林滿足淫欲的醜惡行徑的寫照。

這首詩旁敲側擊，意在言外，把陳靈公的荒淫醜事活脫脫地暴露出來，取得了強烈的諷刺效果。

萬世師表的至聖孔子

在中國古人的價值觀念裡，神聖是為絕大多數人所仰慕敬從、少數人所孜孜以求的，因為人人都知道，成為神聖者，實在跟登天相差無幾；但神和聖又是有區別的，創造天地萬物並能主宰者謂之神，具有最高道德和智慧者謂之聖，由此看來，在現實人生中只有成為聖人尚有可能。

然而在三千年的中國古代文化裡，被人們心悅誠服地尊為至聖者卻只有一個人——那就是孔子。

其實，至聖是一種至高無上的人生境界，這個境界實在需要一生的扎實艱苦的努力。《左傳・襄公二十四年》引古語說：「太上有立德，其次有立功，其次有立言。」我們的先民認為人生的價值最高層次是樹立德行，其次是建立功業，又其次是著書立說。人一生能做好其中一項，就可以英名不朽，而若能集立德、立功、立言於一身，就可以成為至聖了。

我們先從山東曲阜孔廟前櫺星門柱上的一副對聯說起。這副對聯是明人所撰：

德侔天地，道貫古今。

上、下聯雖然僅有八個字，卻概括了孔子道德與天地齊等、思想學說橫貫古今的境界。從空間與時間兩方面，縱橫兼備地把孔子道德的至尊至崇說得無以復加。從這種對孔子道德絕對化的禮讚裡，可以看出後人心目中對孔子的高山仰止式的讚歎敬仰之情，也印證了孔子德業的無與比肩。若再聯繫我國許多地方的大成殿前的匾額上，都大書「萬世師表」的讚語，則說孔子是千古一聖，是一點也不誇張溢美的，這是對至聖孔子的恰切評語。

再說孔子的立功，我們以少為人知的夾谷之會為例。也唯其夾谷之會的少為人知，人們才形成了一個錯覺——孔子只是一位坐而論道的至聖先師。而事實上，孔子在夾谷之會的非凡表現，足以印證孔子還有另外一個寡為人知的人生側面——作為政治家和外交家的遠見、果敢和機敏。夾谷是山名，在今山東省萊蕪市南，當時是屬齊國的南境。魯定公十年（公元前五〇〇年），魯侯與齊侯約定相會於夾谷。以往魯侯出席諸侯盟會都是由「三桓」陪同。

這次盟會「三桓」感到非常棘手，不肯陪同，所以才推孔子為禮相，把陪同魯侯前往的艱鉅任務放在了時年五十二歲的孔子肩上。聽說是孔子陪同魯侯而來，齊大夫犁彌非常興奮，對齊景公說：「孔丘這個人只懂得禮儀而不懂軍事。如果兩君相會，派人以武力劫持魯侯，必能達到我們的目的。」齊景公聽從了他的意見。由此看來，楚漢相爭時范增設計的「鴻門宴」也不是什麼新招數，而是從這春秋諸侯盟會的暗伏殺機中學來的。

然而犁彌和齊侯的如意算盤被富有遠見的孔子打破了。孔子除了外表循規蹈矩的儒者形象外，還有韜略在胸的智者襟懷，他對魯定公說：「有文事者必有武備，有武事者必有文備。」要求在談判時一定要有必備的軍事防範措施，因此魯國又增派了軍隊人數和軍事長官。

所以當齊、魯二侯盟會之際，齊國執事者以增添舞樂助興為藉口，讓一群手持刀劍的人闖入會場之際，孔子一面嚴令帶來的魯國衛隊把這夥人擋在場外，不許後退一步，一面三步併作兩步搶先登壇保護魯侯，也顧不得登壇的禮節了。

孔子一上壇，就責問齊景公：「兩國君主友好相會，您卻以武力向朋友示威，這對神靈是不祥，在德行上是失義，對人是無禮。這不是您齊君的本意吧？」

齊侯自知理虧，無法作答，連忙命令這夥人離開，並歉意地說：「這是寡人之過啊。」

孔子憑著他的果敢和機敏，粉碎了犁彌的預謀。

犁彌等人一計不成，又節外生枝，在兩國盟誓時，單方面在盟書上加入一句話：「齊師出國征伐，如果魯國不派出三百輛兵車相助，就會像盟書所約定的那樣受到懲罰！」這顯然是要魯國無條件地承認自己是齊國的附庸國。孔子也馬上派魯大夫茲無還答道：「你們齊國如果不歸還強佔去的我們魯國的汶陽之田，卻要我們供應齊國所需，也會同樣如此！」孔子又一次憑著他的果斷和機敏，擊退了犁彌的進攻。

夾谷之會後，齊景公為了履行盟約和改善同魯國的關係，便把汶水以北的龜陰、汶水以西的鄆等地歸還魯國。

魯國以弱小之邦，參加大國的盟會，僅僅靠孔子一人的智慧，不僅恢復了失去的國土，而且維護了自己的尊嚴和獨立。因此，夾谷之會於魯國說來，是外交上的一個重大勝利，而孔子立下了最大的功勞。也正是因為在夾谷之會上的非凡表現，回到魯國後不久，孔子即「行攝相事」，直接參與重大國政。如果說在一百八十四年前曹劌協助魯莊公打勝了一場「長勺之戰」，顯示了曹劌的膽識和細心，那麼一百八十四年後，孔子一手導演的夾谷之會的外交勝利，則顯示了孔子的後來居上，他有更高超的膽略、勇氣和智慧，所以才兵不血刃地在談笑間就奪回了曾失去的三邑。於立德之外，孔子又有此立功的壯舉，其至聖人生又多了精彩的一筆。

最後說孔子的立言。一部《論語》大部分是由孔子的語錄構成，是名副其實的立言，而這立言又有一言九鼎的致世之用。

後人津津樂道的「半部論語治天下」的典故，就出自於這裡。以半部《論語》就足以平定天下，再以另一半《論語》便足可鞏固皇權，一部《論語》的致世之用，真讓人驚嘆。

孔子有至德令萬代敬仰，有至功讓萬人敬慕，有至言使萬世致用，稱之為至聖孔子，不是很恰當的嗎？

《論語》中的格言警句

「歲寒然後知松柏之後凋也。」（〈子罕〉）「三軍可奪帥也，匹夫不可奪志也。」（同上）幾乎是人人皆知的警句。前者讚美了堅貞不拔的性格，後者歌頌了個體人格的堅強。《論語》中類似這樣深入淺出、語約義豐的格言警句還有很多。千百年來，這些警句代代相傳，為人們喜愛。

孔子是一位偉大的思想家，其博大精深的思想體現在《論語》之中，通過格言警句的形式反映出來，成為人們立身處世的座右銘。懷安邦定國之志的仁人志士，藉此而實現鴻鵠之志；追求獨善其身人生境界的人，憑此以實現道德的自我完善。孔子的思想核心是「仁」，「仁者愛人」，推己及人，就是「己欲立而立人，己欲達而達人」（《論語・雍也》），就是「己所不欲，勿施於人」（〈顏淵〉）。「己所不欲，勿施於人」是孔子的人生準則，體現了一種理想的道德境界，它具體表現在對富貴貧賤的取捨、賢與不賢的反思等諸多人生態度中。孔子曾說：「富與貴，是人之所欲也；不以其道得之，不處也。貧與賤，是人之所惡也；不以其道得之，不去也。」（〈里仁〉，第二個「得之」是「去之」之誤）他又說：「不義而富且貴，於我如浮雲。」（〈述而〉）他認為，無論是追求富貴，還是擺脫貧賤，都要堅持操守、潔身自好，決不為不義之事。後代「窮且益堅，不墜青雲之志」（王勃〈滕王閣序〉），「斯是陋室，唯吾德馨」（劉禹錫〈陋室銘〉）所體現的高尚的情操，正是孔子主觀自覺精神的發揚光大。孔子始終追求至善至美的人生境界，所以常常內省。「見賢思齊焉，見不賢而內自省也。」（〈里仁〉）他所憂慮的不是不能飛黃騰達，富貴榮華，而是「德之不修，學之不講，聞義不能徙，不善不能改。」（〈述而〉）他反對那種無所事事、消極混世的人生態度。所以他說：「飽食終日，無所用心，難矣哉。」（〈陽貨〉）人生是如此短暫，應惜時如金，有所作為；人生只有一次，所以生命才顯得可貴。但當生命和仁德發生矛盾時，應以怎樣的態度處之？孔子認為：「志士仁人，無求生以害仁，有殺身以成仁。」（《論語・衛靈公》）即人不應該貪生怕死，損害仁德，寧可犧牲生命，以實現仁德。孟子提出「捨生取義」的思想，與此相一致。後人遂用「殺身成仁」、「捨生取義」指為追求真理和實現正義事業而不惜犧牲生命。

孔子的「仁」，包含了一種要求把仁當做人的思想，具有人道主義精神。這一精神不僅為華夏子孫所繼承，且為其他民族所汲取。因為人類有共同的理想，即對真善美的追求，因此，文化在相互交流、融合中發展著。正如漢代佛教、唐代印度音樂傳入我國，促進我國文化藝術的發展。十六—十七世紀，孔子的學說也傳入法國，給法國啟蒙主義思想家伏爾泰產生很大影響。伏爾泰首先標榜並宣揚「己所不欲，勿施於人」，提倡應為每人的座右銘。十八世紀末，法國雅各賓派領袖羅伯斯庇爾執筆起草〈人權宣言〉，將「己所不欲，勿施於人」，作為自由道德的標誌寫入了宣言。一九八四年聯合國大會通過的〈世界人權宣言〉，也是以法國〈人權宣言〉為藍本制定的。可見，「己所不欲，勿施於人」體現了人類所共同追求的普遍標準。

孔子又是一位偉大的教育家。他的教育思想，他所提倡的學習態度、學習方法也體現在許多格言警句中，使歷代學子受益無窮。孔子之前，知識被貴族階級所壟斷。孔子大膽提出了「有教無類」（〈衛靈公〉）的教育思想，十分可貴。孔子開始打開私學的風氣，廣收弟子。其弟子多為平民，如子路、冉求、子夏等，多出身微賤，家境貧寒。這些人能同貴族子弟一樣受教育，充分體現出孔子平等、博愛的人道主義精神。他提倡「敏而好學，不恥下問」（〈公冶長〉）的學習態度。強調「知之為知之，不知為不知，是知也」（〈為政〉）。並且以「學而不厭，誨人不倦。」（〈述而〉）的嚴謹態度去學習、去工作，體現出其孜孜以求、持之以恆的敬業精神。他又用精練的語言總結出學習方法：「學而時習之」（〈學而〉）、「溫故而知新」（〈為政〉）、「學而不思則罔，思而不學則殆」（〈為政〉），有力地論證了新與故、學與思之間的辯證關係。孔子還能以發展、變化的眼光看問題，自己德才兼備，多才多藝，卻不輕視弟子，尤其看重後人，以一種平和大度的心態審視品評他人。他說：「後生可畏，焉知來者不如今也。」（〈子罕〉）孔子以此警人，令我們永不自滿，及時勉勵和學習。孔子又總結出教學方法：「不憤不啟，不悱不發。舉一隅不以三隅反，則不復也。」（《論語・述而》）意思是：「學生不到苦思不解的時候，我不去開導他；不到想說又說不出來的時候，不去啟發他。我告訴他這一方面的道理而他不能連類推想到其他方面的道理，就不再教他了。」這是後世一直推許的啟發式教學方法。

在其他方面，孔子也提供給我們許多格言。「巧言令色，鮮矣仁。」（〈學而〉）意思是花言巧語，阿諛逢迎，裝出偽善面孔的人，很少是品德高尚的人。孔子以其敏銳的目光，透過偽善的表象揭示其本質，為我們區分賢愚、判別善惡提供了明鑑。「始吾於人也，聽其言而信其行；今吾於人也，聽其言而觀其行。」（〈公冶長〉）這種「聽其言而觀其行」的評判標準至今仍有其現實意義。我們常說，人生在世，應居安思危。正如孔子所言：「人無遠慮，必有近憂。」（《論語・衛靈公》）在不如意之時，應「不怨天，不尤人，下學而上達」（《論語・憲問》），這樣才能有所作為。而有遠大志向之人，成就大業之士，必定胸襟開闊，因為他們深知「小不忍，則亂大謀」。（《論語・衛靈公》）孔子的學生子夏做了莒父地方的長官，就政事問題向老師請教，孔子便教導他不要急功近利。他說：「欲速則不達，見小利則大事不成。」（〈子路〉）我們從中仍能獲得許多啟示。時光易逝，人生苦短。我們同孔子雖不同時，但對事物的體悟有時極其相似。登高遠望，知天地之廣闊，覺自我之渺小；見水東流，嘆自然之永恆，感人生之短暫。所以「子在川上曰：『逝者如斯夫，不捨晝夜』。」（〈子罕〉）簡短的話語，把孔子慨嘆的語氣、愴然若失的感情表現得惟妙惟肖，引起人們強烈的共鳴。類似這樣的格言警句還有很多。

這些格言警句，表現了孔子深湛的思想，高尚的節操，博愛的情懷。他在政治上是一個失敗者，但其積極進取的人生態度感人至深，尤其是體現其思想情懷的格言警句，教育了無數仁人志士，至今仍有其深遠的現實意義。

安貧樂道的顏淵

孔子一生從事教育活動長達四十多年，所收授的弟子總數大約有三千人，在春秋時代，這樣私家辦學，規模如此之大，是前所未有的。其中，能夠長期跟從孔子並在學業上取得一定成就的弟子有七十多人，在這七十多人當中，顏淵是孔子最喜歡的學生。《史記・仲尼弟子列傳》把顏淵排在第一位。

顏淵（公元前五二一年—公元前四八一年）字子淵，又名回，魯國人。他的父親顏路是孔子的早期學生，但不及顏淵有成就。作為一家之長，他有責任卻沒能力給顏淵創造一個殷實的家境，顏淵似乎一生下來就孱弱多病，貧寒艱苦的生活使顏淵在二十九歲時頭髮就全白了。

顏淵比孔子小三十歲，自師從孔子以後，對待孔子就像對待父親一樣，充滿孝敬之心。

他追隨孔子左右，亦步亦趨，畢恭畢敬，而孔子對他也懷有一份特別的感情，對顏淵的人品和好學精神屢加褒獎。他說：自從有了顏淵，弟子們更加親近了。

顏淵是孔門中最好學的弟子。孔子多次講學，他總是靜靜地聽，從來不發表疑議。孔子最初以為他愚笨，後來逐漸發現顏淵有非常好的心理素質和思維能力。他對孔子授課無所疑問，是因為他心無旁騖，聚精會神；他對孔子學說無不喜歡，是因為他對孔子學說的精髓有著透徹的理解和全部的信服。魯哀公和正卿季康子曾分別問過孔子他的弟子中誰最好學，孔子都不假思索地回答說是顏淵。顏淵不僅好學，而且善學。有一次，孔子問子貢：「你和顏淵相比誰更好一些？」子貢回答說：「顏淵聞一知十，而我聞一知二，我怎麼敢跟顏淵相比呢？」連孔子也對顏淵聞一知十、融會貫通的能力深感佩服。

孔子有時對顏淵的完全順從也表示不滿，認為顏淵不是對他有實際幫助的人。孔子的意思大概是說思想的火花本應在辯難和碰撞中產生，而孔子在顏淵那裡卻從來沒有聽到過反對意見，因此稍感遺憾。但是，顏淵從沒有讓孔子失望過，在孔子的弟子中，很少有人能像顏淵那樣對孔子的教誨總是心領神會並且心悅誠服。

顏淵是最信奉、最忠實於孔子學說的人，在他身上表現最突出、最可貴的是他不但對孔子所倡導的「仁」學有深入而透徹的領悟，而是將「仁」貫穿於自己的行動與言論當中，持之以恆，甘之如飴。

有一次，他請教孔子什麼是仁，孔子回答說：「克己復禮為仁。」意思是說克制自己的私慾，使自己的言行合乎禮，這就是仁。這一經典性的表述強調了道德修養的自覺性及其對實現仁禮統一的重要性。顏淵希望孔子詳細闡說，於是孔子說：「不符合禮的事不去看，不符合禮的話不去聽，不符合禮的話不去說，不符合禮的事不去做。」從視聽言行四個方面告誡顏淵嚴守一定的禮規，顏淵當即表示：「我雖然不聰穎，請相信我一定會奉行這些教導。」

顏淵說到做到，他認真地實踐孔子的主張，的確做到了「言忠信，行篤敬」。

顏淵居住在窮街陋巷，過著一簞食、一瓢飲的困苦生活，在別人看來，這是無法忍受的，而顏淵卻安之若素、自得其樂，一點兒也不感到羞慚和難堪。孔子曾經說過：「吃粗飯，喝白水，彎起手臂做枕頭，其中也是有樂趣的。」看來，顏淵是深得其中三昧的。孔子一生提倡「樂」並成功地實踐「樂」，弟子顏淵也當仁不讓於師，在貧困生活中始終保持快樂，達到了超越人生利害之後所能達到的最高精神境界，這對宋明理學特別是周敦頤、二程產生了重大影響，二程由此提出了「孔顏樂處」的重大命題。

顏淵不僅在貧苦生活中始終保持快樂，即使遇到艱難困厄也能坦然處之。魯哀公六年

（公元前四八九年），吳國出兵伐陳，楚國則派兵救陳，吳楚兩軍在陳國都城宛丘附近交戰，宛丘城內一片恐慌。當時正在宛丘的孔子一行人倉皇出逃，到蔡國故都上蔡所屬地界時，糧食已所剩無幾，只好採野菜充饑。一連六日，弟子們餓得面黃肌瘦、體軟乏力。為了緩解大家的緊張情緒，孔子鎮定自若，彈琴作歌不止。子路發牢騷說：「君子也有窮困不堪的時候嗎？」孔子只引用《詩》中「匪兕匪虎，率彼曠野」這兩句詩算是回答。顏淵聽到後，頑強地支撐起病弱之軀，朗聲說道：「老師的主張太博大，所以天下不能容納。雖然如此，老師仍然努力推行，別人不接受又怕什麼？這正顯出君子本色。如果主張不夠完善，這是我們的恥辱；如果主張已經完善而不被採納，那是各國當權者的恥辱。」顏淵這一番擲地有聲的發言，聲聲入耳，句句合心，孔子欣然長嘆：「顏淵，我與你志同道合啊！」

仁者並非無勇。顏淵的外表看似弱不禁風，實際上性格非常剛毅。公元前四九七年，孔子困於匡，衝突中弟子失散，顏淵最後一個回到孔子身邊。孔子說：「我以為你和匡人作戰死了呢。」顏淵出語不凡：「您還活著，我怎麼敢死呢？」顏淵對生與死問題的態度由此可見一斑。朱熹《集注》引胡氏說：「倘若夫子果真遇難，顏淵幸而不死，他一定會上告天子，下告方伯，請他們討伐匡人為孔子復仇，否則，他決不會善罷甘休。」而孔子安然無恙，顏淵也就沒有必要去做無謂的犧牲，這正是顏淵與孔子生死相依、同甘共苦的真實寫照。

顏淵的優點還有許多。他謙虛謹慎，戒驕戒躁，篤信守誠，嚴於律己，從不誇耀自己的好處，更不把勞苦的事加在別人身上。他不高興的時候，從不把怒氣發洩到旁人身上，真正做到了「己所不欲，勿施於人」。然而可惜的是孔子自衛返魯不久，顏淵就病逝了。

對顏淵的英年早逝，孔子非常悲痛，他仰天大哭：「唉！老天爺要我的命呀！老天爺要我的命呀！」身邊的人勸孔子節哀，說孔子太悲痛了，孔子說：「真的太悲痛了嗎？我不為這個人悲痛，還為誰悲痛呢？」孔子雖然哭得肝腸寸斷，但他不主張厚葬顏淵。弟子們不聽，還是厚葬了顏淵。

顏淵身後產生了一定的影響。自漢初顏淵被列為「七十賢人」之首以後，歷代朝廷不斷給他追加謚號。唐太宗時，顏淵被尊為「先師」，到唐玄宗又尊顏淵為「兗公」。此後，宋真宗又加封顏淵為「兗國公」，元文宗又尊他為「兗國復聖公」，明嘉靖皇帝又改稱「復聖顏子」。至今，山東曲阜還有「復聖廟」——顏子廟，得以保存。當然，顏淵由一介窮困潦倒的書生逐漸演變為華兗聖人，是與歷朝歷代的統治者尊孔以鞏固其統治的政治目的分不開的。

臨死換席的曾子

曾子名參，字子輿，魯國南武城人，比孔子小四十六歲，是孔子晚年所招收的學生之一。他的父親曾晳（點）也是孔子的弟子，曾經在一次座談中以推瑟起對的瀟灑風度和「暮春者，春服既成，冠者五六人，童子六七人，浴乎沂，風乎舞雩，詠而歸」的社會理想贏得了孔子的讚嘆。

曾子以「孝」著稱，戰國時代就已是有口皆碑了。他奉養父親曾晳，每頓飯一定要備辦酒肉；用完餐將要撤去杯盤時，一定請示父親，剩下的酒肉給誰吃；父親要是問還有沒有剩餘，他一定回答說有。曾晳生前喜歡吃羊棗，他死後，曾子為避免思親悲傷，便不忍再吃羊棗。曾晳在世的時候，齊景公聘曾子為下卿，他以父母年老，不忍遠離辭絕。曾子的後母待他刻薄，他卻供養甚孝。有一次，他叫妻子蒸梨奉母，因沒有蒸熟，他就休了妻子。有人向他詰問：「蒸梨不熟，不犯七出之條。」他回答：「蒸梨小事，尚且不聽我的，何況大事呢？」就此終身不復娶，以防後妻虐待他兒子。曾子這樣做未免太絕情，十足的大男子主義，但也的確表現了他的孝親之誠。

曾子不但很有孝行，而且還發展了孔子的孝道。曾子晚年患病時，召集他的學生們說：「看看我的腳！看看我的手！《詩》說：『戰戰兢兢，如臨深淵，如履薄冰。』從今以後，我方曉得可以避免災禍了。」曾子意在說明，自己一生謹慎小心，沒有毀傷父母所給予的身體，始終如一地遵守了孝道。後來《孝經》中說：「身體髮膚，受之父母，不敢毀傷，孝之始也。」即源於曾子的上述思想。曾子對同屬於孝道的親喪祭祀之事非常重視，認為「慎終追遠」並非一家一戶的小事，而是關係到整個民風淳厚與否，因此他說，辦理父母喪事要慎重，祭祀祖先要虔誠。這說明曾子已認識到孝道對風俗有潛移默化的作用。

曾子性格內向，表面上看有些遲鈍，但實際上他有很強的領悟能力。孔子說他的學說「一以貫之」，弟子們不解其意，而曾子卻輕鬆自如地精鍊概括為「忠恕」二字，完全符合孔子「仁」學推己及人的思想。

曾子抱負遠大、意志堅強，一生以弘揚仁道為己任，死而後已。他自豪地說：「把弘揚仁道作為自己的人生使命，不是很重大嗎！不遺餘力，至死方休，不是很遙遠嗎！」他認為自己是一個在生死存亡的緊要關頭能夠鎮定自若、不改變節操的人，可以把年幼的君主託付給他，可以把國家的命運交付給他，有了這樣的英雄氣概，也完全可以擔負起推行仁道的艱鉅重任。

曾子重視自身的道德修養，而道德修養的自覺性則是推行仁道的前提。為此，曾子提出了「吾日三省吾身」的修身方法，即要經常檢查自己：為他人做事是否真心實意？和朋友交往是否堅守信用？老師傳授的學業是否經常溫習？前兩點涉及到「忠」與「信」兩大範疇。而把溫習師傳列為三省之一，更為表明曾子對孔子「仁」學的信仰。曾子還主張「以文會友，以友輔仁」，即以文章學問作為結交朋友的途徑，而結交朋友的目的則是互相幫助，培養增進仁德。

曾子恪守孔子「克己復禮為仁」的教誨，勤勉一生，躬行不怠。即使在病危之時，他也沒有忘記宣傳禮、實踐禮。魯大夫孟敬子去探望他，他說：「鳥之將死，其鳴也哀；人之將死，其言也善。君子所重視的禮有三條：容貌嚴肅，就不會粗暴傲慢；儀態端莊，就近乎誠實守信；言辭有氣度，就不會庸俗背禮。至於陳設禮器之類的事，自有主管部門料理。」曾子以善言勸勉孟敬子，告誡他學道當以修身守禮為最重要，其實，這也是曾子一生修身經驗的總結。

在「復禮」這一點上，曾子虔誠到了一定程度。孔子說「不在其位，不謀其政」，曾子便用《易經·艮卦》中「君子考慮事情不超越自己的身份職位」這句話加以解釋，強調嚴守禮則，不得僭越。曾子絕對不是說說而已，而是躬身實踐，至死方休。「曾子易簀」的故事足以證明這一點。

曾子去世之前的那天夜間，他的弟子樂正子春和他的兩個兒子曾元、曾深守候在病榻旁，還有一個小童僕端著蠟燭坐在角落裡。小童僕借著燭光看見曾子身下所鋪的席子很華貴，就禁不住問：「好漂亮，好光滑，那是大夫用的蓆子吧？」樂正子春怕被曾子聽到，連忙命童僕住嘴。可曾子已經聽到童僕的發問，感到很吃驚，但由於身體虛弱，他只呼了口氣，大概是讓童僕再說一遍。當聽清童僕的話後，曾子立刻說道：「是的，那是季孫道的。我沒力氣換掉它。」接著，他大聲喊曾元讓他把席子撤掉。曾元心疼父親，說：「您老人家的病已經很危重了，不能搬動身體，天亮再換吧。」曾子有些惱怒，急切地說：「你愛我的心還不如小童僕。君子愛別人，就是要成全別人的美德；小人愛人才會苟且偷安。我現在還有什麼要求呢？只盼死得規規矩矩罷了。」於是大家托起曾子，更換了席子，可是還沒有把曾子放平穩，曾子就斷氣了。

這段故事載於《禮記·檀弓下》，表現了曾子在生命彌留之際知錯就改，絲毫不容越禮的堅決態度，這正是孔子「朝聞道，夕死可矣」和顏淵「非禮勿動」的精神的具體體現。

曾子對後世影響很大。首先，他是由孔子到孟子的中間環節。從孟子對曾子的推崇，可以看到孟子和曾子之間的繼承關係。在孔子之後孟子之前，曾子在儒學傳播上具有重要地位。其次，以朱熹為代表的宋儒以為曾子獨得孔子學說的宗旨，將《大學》、《孝經》的著作權歸於曾子。再次，曾子的孝行實踐和孝道理論，也產生了廣泛的世俗影響。

道家的開山鼻祖：老子

大凡粗曉中國文學史或哲學史的人都知道，對中國古代文化影響最大、最久的有兩個哲學流派，一個是儒家，另一個就是道家。

英國的李約瑟博士在《中國之科學與文明》裡有一個很形象也很準確的比喻，稱：「中國如果沒有道家，就像大樹沒有根一樣。」依照系統思維的要求，我們還可以進一步地說，道家學派如果沒有老子，就像樹根沒有了土壤一樣。因為老子是道家的開山老祖，後來有一些贊同老子主張的人在不同方面、不同層次上發揮了老子的思想，這才形成了道家學派。

老子是楚國苦縣（今河南鹿邑）人，這是他生平事蹟裡唯一沒有爭議的地方。大約生活在春秋末年，比孔子年長，孔子曾向他請教過有關禮的問題。他曾做過東周掌管文獻典籍的小吏——柱下史，可見在當時他是一個具有深厚文化修養的人。

司馬遷是很仰慕孔子的，《史記》的寫作也是在孔子精神力量的感召下完成的。然而，當兩個文化巨人站在一起的時候，司馬遷則把崇敬之情更偏向老子。所以在司馬遷的筆下，老子就站在一個更高的視點，對孔子加以批評：「你所說的是周禮，但制定周禮的其人其骨都已經朽壞很久了，如今只有他們說過的話還在。時代已經變化了，你還是津津樂道於此，又有什麼用處？況且君子獲得機會便一展身手，如沒有機遇就順其自然。我聽說過這樣一些話：高明的商人有許多寶貨，卻深藏若虛；有道的君子德高望重，卻容貌若愚。你應該去掉那種驕矜之氣、多欲之心和雜亂的念頭，這些東西對於你沒有一點益處。我所能告訴你的，也就僅此而已。」這次拜會老子，使孔子在思想上受到很大的震撼。他感慨很多，對弟子說：「天上的鳥，我知道它為什麼能飛；水裡的魚，我知道它為什麼能游；地上的獸，我知道它為什麼能跑。因為，善於奔跑的可以用網罟捕到，會游水的可以拿絲綸釣得，能飛翔的可以用弓箭獵取。說到龍，我卻沒有辦法知道它為什麼能榮升為人世間至尊無上的帝王。夠乘風雲而上九天！今天我見到老子，就像見到龍一樣，讓我對他產生了一種莫測高深的印象。」

雖然他們都是各自哲學流派的創始人，在各自學派後人的心目中都居於至高無上的地位，但一經思想的碰撞、精神的交鋒，便有了教誨別人和聽人教誨、智高一籌和由衷敬畏等等的區別。由此說來，老子受到的尊崇已經超越了道家之外，而具有了超越學派之上的文化籠罩意義。

老子作為道家思想的開山老祖，在後世受到非同一般的尊崇。西漢時，君王崇尚「黃老之學」，老子得以與黃帝並列，其地位不下於「王者師」；東漢時，君王崇尚「浮屠（佛）」，在宮中，立佛和老子，一併祭祀。到了唐代，李氏君王更與老子攀親，認作自己的始祖，唐高宗封老子為「太上玄元皇帝」，終於由一個哲學流派的開山老祖，榮升為人世間至尊無上的帝王。

老子在人世間的隆崇至尊到此並未停止。如果說人們將老子稱作道家的開山老祖，顯示著他對中國哲學、思想和文化的深刻影響，帝王們將他抬到「帝王師」的寶座，顯示著他對中國政治權謀和統治方略的巨大影響，那麼，興起於東漢的道教，將他奉為「太上老君」，居於道教創始神的首位，則顯示著他對民間文化的廣泛影響。老子以一人之身，既為哲學之道家的鼻祖，又為宗教之道教的始祖，於傳統文化與民間文化中均有其巨大的身影，這在中國古代文化史上實在是一個獨一無二的特例。

老子在中國文化史上的重要和影響，其實遠不止於道家和道教。他對中國古代的儒家、法家、兵家、名家都有相當大的影響。作為法家代表人物的韓非，就專門寫有〈喻老〉、

〈解老〉兩篇文章，闡釋發揮老子的思想。所以在中國文化史上，若以著作論，應該說《易經》的影響面最大；若以人來論，則影響最為深廣者非老子莫屬。

《老子》的文學價值

《老子》對中國乃至世界的一個重大貢獻，在於他豐富了辯證法的哲學思想。由於有了《老子》的辯證法思想，使我們特別是我們的祖先──古代中國人的思維靈動圓潤，不僵化、不偏執，由此又進一步地使古代中國人生存的精神狀態平添了幾分靈氣和通達。如果你正遭遇著禍患而垂頭喪氣，《老子》會在你耳邊悄悄說：別灰心啊，別只看到禍患，別忘了禍患的後面就是幸福啊！如果你正安享在幸福之中，《老子》又會悄悄地叮嚀你：別放任，別鬆懈呀，別忘了幸福的背後就是災禍啊！有了《老子》，雖痛苦但會得到撫慰而不至絕望，雖安樂但會得到警示而不至放縱。《老子》對於人生的思索，多麼富有人情味和辯證法啊！

更值得稱道的是，這思辨深刻、曲慰人情的哲思，是寄託在「禍兮福所倚，福兮禍所伏」（《老子・五十八章》，下文凡引《老子》只註明章次）這樣易誦易記、朗朗上口的詩一樣的句式之中的。精緻的語言形式與精深的思想相得益彰，至今仍然讓我們敬佩不已！老子可稱是中國古代最早的哲理詩人，他用韻文而不是用更容易駕馭的散文，來闡述他的富有哲學意味的人生見解，用聞一多先生的話說，是「帶著鐐銬跳舞」，更顯示出技巧的高超。

如果說禍福可以相互轉化的哲理揭示，還只是表現了《老子》的一種智慧，那麼他的「弱能勝強，柔可克剛，天下沒有誰不知道這個道理，卻又沒有誰肯運用它」（〈七十八章〉）的痛心疾首式的浩嘆、惋惜，則表現出了世昏我醒、獨自實踐的堅定信念。

老子有豐富的社會經驗，又掌握了辯證法的思維方法，所以他對事情的認識既異於常人，更深於常人。常人看待事物，一般容易停留在事情的正面、停留在眼前，所以也容易淺薄地悲觀或歡喜，而老子卻能透過事情的正面進而看清楚它的反面，透過事物的眼前狀態進而看清楚它的未來狀態。這源於老子的一個清醒的思維定勢——「萬物都包含著陰和陽」（〈四十二章〉），而陰和陽又是先秦哲學裡最富有涵納、衍生能力的概念。舉凡雄與雌、全與曲、直與枉、新與敝、多與少等相對立而依存的概念，都可以為陰、陽兩個範疇所容括。

也正是基於對世界萬物都是相對立而依存的認識，《老子》在對這種認識加以表述時，常常運用對比的描寫手法和對仗的語言形式，從而使這表述具有了句式整齊、對比鮮明、對仗工穩的詩一樣的特色。所以有人稱《老子》是哲理詩，它有韻而又靈活，常用對句也兼用排句，但又不刻意追求句式的絕對整齊劃一，做到了不以文害意，句式靈活多變，暢達自如；借助哲理的形象化，使原本抽象深奧的哲理變得通俗易懂，深入人心，膾炙人口。

為了把柔能勝剛、弱必勝強的抽象哲理說得形象易懂，〈七十八章〉因水設喻：「天下沒有什麼比水更柔弱的了，但攻擊堅強的東西卻沒有什麼東西能超過水的，因為沒有什麼東西能代替得了水的作用啊！」也許正是由於《老子》裡關於水的比喻，既形象又貼切更深刻，達到了因物設喻的最佳極緻，所以它給後人留下很深的啟示。在《老子》裡最富有文學價值的，是強調人在自然界中的重要地位，〈二十五章〉稱：「道大，天大，地大，人也大。宇宙間有四大，而人是四大之一。」在先秦諸子中，老子可以說是第一個強調人的獨立價值的人，而這種強調，對後來的魏晉時期「人的自覺」和與之相表裡的「文的自覺」，對以描寫人物為核心的文學繁榮，具有基礎理論的意義，在中國文學史上具有獨特的價值。

先秦文學作品中將「道」作為自己學說的核心範疇，並且使用最頻繁的，則首推《老子》。在《老子》裡「道」共出現了七十三次，其內涵卻渾圓融通，隨其語境的變化而豐富多樣。老子的「道」，彷佛是他隨手畫下卻又十分漂亮的圓，而且是空心圓，它可以融入老子許許多多的睿智卓識，人們徜徉其間便會產生出美不勝收的感受。這既與《老子》裡有詩一樣的語言相關。也更與老子關於「道」的種種哲思相關，這便是先秦諸子百家皆言道，而唯獨老子開創的學派被人以「道」名家的根本原因。

老子的道，是一個高度概括、也高度抽象化的哲學範疇，也唯因其高度概括、高度抽象，才具備了渾圓融通、涵納萬物的特質。讓人吃驚的是，這種特質不僅貫穿於老子自己的哲學體系裡，而且也深刻地影響到了中國古代文學，舉凡文論主張、詩歌創作或沿用其範疇、光大其理論，或摹寫其哲學底蘊，深化主題思想。

道家思想對於中國文學的發展所產生的影響是首屈一指的，以至在東晉時期形成了以許詢、孫綽為代表的玄言詩。這種玄言詩用韻語的樣式敷演老莊哲學，徒具詩歌的外殼，因此受到了有識之士的強烈批評。這也從反面證明了老子哲學對文學創作的巨大影響。

墨子：謎一樣的奇人

墨子大約於公元前四六八年生於魯國，卒於公元前三九〇年左右。早年墨子學於儒門，他的老師是史角的後人。對「六經」中的各種學問，墨子做到了融會貫通，對其中記載的堯、舜、禹、湯、文、武等古代聖王，感到由衷的敬佩。墨子對「六藝」中的射、御、書、數這類科學技術知識課程，有濃厚的興趣，他後來成為一名木製手工專家，也同這種興趣有關。這在當時，是了不起的技藝，為墨子救世思想的實施，立下了汗馬功勞。

不斷的學習，反復的思考，促使墨子創立了以救民於水火為宗旨的墨家學派。跟從他學習、擁護他思想的人很多，這些人大都來自貧民。墨家子弟個個身體力行，一邊勞動，一邊行道。墨子教導他的弟子以裘褐為衣，厲行節約。墨子的政治主張表述為〈非命〉、〈尚賢〉、〈兼愛〉等十篇。為實現這些理想，墨子不辭勞苦，率領弟子東奔西走，長年奔波，遊歷過齊、衛、宋、魏、越、楚諸國。墨子既反對攻伐徵戰，力圖勸阻戰事，又有軍事才能，善於守禦，在當時是獨樹一幟的。

大約在魯悼公時，強大的齊國向魯國宣戰。國難當頭的魯君趕緊向與孔子齊名且文武雙全的墨子求救。

魯悼公一見到墨子，開口就問：「齊國又要來攻打我國了，有什麼解救的辦法？」

墨子堅決地回答：「有。禹、湯、文、武等三代聖王，先前不過是有百里土地的諸侯，後來以誠相待，實行仁義，終於以弱勝強，贏得了天下。而桀、紂、幽、厲，本來擁有天下，因他們結怨為仇、實行暴政，結果失去天下。所以我希望君主您不要擔心國小民貧，只要上能尊天事鬼，下能愛利百姓，就會國富民強，這是從根本上努力。目前急救的辦法是，一面準備豐厚的皮毛、錢幣等禮品，交結四鄰諸侯，恭請援助；一面動員全國人民共同起來抵禦齊國，這場災難才可以解救。除此之外，沒有別的辦法。」

魯悼公遲疑了一會兒，問道：「可不可以委屈求和呢？」墨子告訴他：「這是萬不得已的下策，一味求和，等於自殺。」直到墨子晚年，齊魯兩國沒有發生大的戰事。

有一次，魯悼公求教於墨子：「我有兩個兒子，一個酷愛學習，一個喜歡把財產分給別人，讓哪一個做太子呢？」

為增強說服力，墨子舉了兩個例子：「躬著身子釣魚，是表示對魚尊敬嗎？用食物誘捕老鼠，是對老鼠施捨嗎？所以，您應該把動機和結果結合起來進行考慮。」

那時的楚國和越國分別位於長江的中游和下游，兩國經常在長江上進行船戰。魯國的名工巧匠公輸盤到楚國做了大夫，他設計製造了「鉤」和「拒」這兩種新式武器，敵船後退就用鉤掛住它，敵船進攻就用拒推開它。楚國憑此多次打敗了越國人。公輸盤洋洋得意，問墨子：「我的戰船有用來掛、推敵船的鉤拒，不知道你所推重的仁義是不是也有這樣的鉤拒？」

墨子義正辭嚴：「我的仁義也有鉤拒，就是兼愛和恭敬，我用兼愛做鉤，用恭敬做拒，只有互相兼愛、恭敬才能和平安定。你現在用鉤拒去阻擋別人，別人也會用鉤拒來阻擋你。互相鉤拒，就是互相殘害。所以，我仁義的鉤拒要勝過你戰船的鉤拒。」這就是有名的「仁義」與「鉤拒」之戰，足見墨子的高瞻遠矚。

墨子生平最偉大的事蹟之一，是制止了一場楚國進攻宋國的戰爭，史稱「止楚攻宋」。經過這一事件，墨子及其墨家善於守城、善於防禦的名聲遠揚。從「墨守成規」這個成語中，我們可以看出墨子「善守」的影響之深，雖然它由原來的褒義詞變成了現在的貶義詞。

楚惠王執政時，墨子特意前來，獻上自己的著作，希望惠王採納他的學說治理國家。惠王看後，大為讚許：「我雖然不能得到天下，但樂於供養賢人。」墨子聽到這話，毫不猶豫地告訴惠王：「翟聞賢人進，道不行不受其賞，義不聽不處其朝。今書未用，請遂行矣。」幾句話，擲地有聲，亦見出墨子的錚錚鐵骨。楚國有個魯陽文君，幾次三番要攻打鄭國。墨子對他說：「現在假定在您的封地之內，大城攻打小城，大家族攻打小家族，到處燒殺搶劫，你怎麼辦？」魯陽文君說：「在我的封地之內，都是我的臣民，我一定要重罰那些不義之人。」

墨子因勢利導：「上天統有天下百姓，就像您管轄封地內的臣民一樣。您現在去攻打鄭國，難道不怕違背仁義而遭受上天的懲罰嗎？」

魯陽文君又辯解道：「我攻打鄭國，正是替天行道，鄭國的幾代君臣都在互相殘殺，上天懲罰他們，我將助上天一臂之力。」

墨子又設一喻，步步逼近：「有一個人，他的兒子幹了壞事，他的父親揍他。鄰居的一位父親見狀，也舉起了木棍來打這個兒子，並且說：『我打他是順從他父親的意思。』這樣做可以嗎？」

墨子在勸說魯陽文君時，始終都在反復地寓思想於形象中，用詞極為巧妙，終於說得魯陽文君無言以對。

墨子派遣他的弟子公尚過去越國遊說，越王聽了公尚過的演說，十分高興，對他說：「若能設法請到墨子來教導我，我給他五百里的土地。」

公尚過見了墨子後，轉達越王的想法。墨子問他：「據你看來，越王是不是真心要聽取我的意見，採納我的學說？」

公尚過如實回答：「未必。」

墨子批評公尚過：「不止越王不知我的思想，你也不知道啊！我們墨家志在行道，如果越王真的要聽從我的言論，我定然前往，不必有什麼特殊待遇。假若越王不聽我的主張，又何必前往呢？那不是在出賣我的『仁義』原則嗎？」

一番慷慨陳詞，使公尚過羞愧不已。

宋昭公願意聽取墨子的意見，墨子擔當過宋大夫之職，這是墨子一生唯一的一次為官記錄。後因小人讒言，被囚。

墨子一生為行義不計個人安危，古稀之年仍奔波不止。他是怎樣去世的，人們不得而知，這竟成了永世之謎。

雙目失明的史學家左丘明

左丘明，複姓左丘，名明，據說是公元前六世紀至公元前五世紀魯國昭、定、哀時代的盲史官。他不一定是天生的盲人，名叫「明」，可能是雙目失明以後起的。同時代的孔子沒有明確說他是魯國人，但對他很敬佩，曾說：「巧言，令色，足恭，左丘明恥之，丘亦恥之；匿怨而友其人，左丘明恥之，丘亦恥之。」可見左丘明是一個很正直的人。

大約與孔子修訂魯國史書《春秋》同時，左丘明也寫了一部《春秋》。西漢時，為了有別於孔子所作的《春秋》，所以又叫《左氏春秋》。《左傳》全書六十卷，十八萬字，超過孔子《春秋》十倍有餘。紀事編年從魯隱公元年（公元前七二二年）到魯悼公四年（公元前四六四年），最後又附錄了一條魯悼公十四年（公元前四五四年）的史料（晉國魏氏、韓氏滅智伯），前後共囊括了二百六十九年，比較系統詳細地記述了春秋時代各國的政治、軍事、外交、文化等方面的情況，匯集和保存了大量春秋時代各國的史料，具有重大的歷史文獻價值。

《左傳》把戰爭作為記事的重點，記述了春秋時期所發生的一系列大大小小的戰爭事件，如「秦晉韓之戰」、「晉楚城濮之戰」、「秦晉崤之戰」、「晉楚鄢陵之戰」、「齊晉鞌之戰」、「秦晉麻隧之戰」、「晉楚鄢陵之戰」、「吳楚柏舉之戰」等，反映了春秋時期列國爭霸、戰火紛飛，大國兼並小國，強國滅掉弱國的時代特點。左丘明看出這是一種不可逆轉的歷史發展趨勢，因此，他不反對兼併戰爭。

左丘明本著「不隱惡」的態度，對統治階級內部的矛盾，諸如勾心鬥角、爭權奪利、僭越篡逆、互相殘殺和貴族們的荒淫無恥、奢侈糜爛的生活以及他們虛偽奸詐、貪婪殘暴的性格，也進行了如實的記錄和描寫。〈鄭伯克段于鄢〉寫了鄭莊公兄弟、母子的骨肉相殘，家庭內訌。〈蔡姬盪舟〉寫了齊桓公的霸道。這個故事說的是，有一次齊桓公攜蔡姬到宮苑的湖中划船，蔡姬在船上嬉笑，把船弄得顛簸不止。齊桓公非常驚慌，制止她也不聽。齊桓公很生氣，上岸後就把蔡姬休回了蔡國，蔡國又把蔡姬嫁給楚國，齊桓公便乘機出兵攻打蔡國和楚國。〈晉靈公不君〉寫了晉靈公不行君道，暴虐成性，他經常用彈弓彈射來往行人取樂。〈陳靈公通夏姬〉寫的是陳靈公君臣三人的荒淫無恥，他們同時與夏姬公開私通，並把夏姬的內衣拿到朝廷上相互戲謔，大臣洩冶進諫，他們竟然殺了他。

《左傳》記述了很多愛國人士不顧個人安危奔赴困難的感人事蹟。如〈孔丘在齊魯夾谷會盟中〉、〈申包胥乞秦師〉。〈申包胥乞秦師〉寫的是，伍子胥的好朋友申包胥在郢都被破、楚國岌岌可危之際，晝夜兼程去秦國乞求救兵。可是，秦哀公顧慮重重，婉言辭絕。申包胥就立在秦國宮廷牆邊號啕大哭，日夜不停，一連哭了七天七夜，使秦哀公大受感動，也忍不住流下眼淚，終於出師擊退吳軍，挽救了楚國。

春秋時期的民本思想，在《左傳》中多有反映。〈宣公二年〉記載：宋國大將華元征伐鄭國，兵敗被俘，逃回來後，卻又拿著棍棒去監督民工築牆，民工們唱起歌謠諷刺他說：「大眼睛，大肚子，亡師而歸；大鬍子，亡師而歸。」〈己氏殺衛莊公〉寫的是，衛莊公有一次在城樓上觀賞風光，看見戎人己氏的妻子滿頭黑髮，油光可鑑，就派人下樓把己氏妻的青絲剪下來拿給自己的妻子呂姜做了假髮。後來，衛國工匠暴動時，衛莊公拖著一條斷腿氣喘吁吁地逃到己氏家，拿出一塊碧玉，跪地求饒。己氏咬牙切齒地說：「我殺了你，那塊玉也跑不了。」說著，手起刀落，殺了萬人痛罵、惡貫滿盈的衛莊公。

《左傳》記述了很多諫辭和外交辭令，對了解春秋時代的君臣關係、外交藝術和語言發展水平有著非常重要的價值。諫辭有〈石碏諫寵州吁〉、〈臧僖伯諫觀魚〉、〈臧哀伯諫納郜鼎〉、〈季梁諫追楚師〉、〈宮之奇諫假道〉等。外交辭令見於〈弦高犒師〉、〈燭之武退秦師〉、〈呂相絕秦〉、〈子產相鄭〉等。

《左傳》不僅是一部傑出的史學著作，也是一部傑出的文學著作，在中國古代散文史上占有非常重要的地位，它的作者左丘明作為一名傑出的歷史散文家，也是當之無愧的。

左丘明善於抓住主要事件，把龐雜紛紜的歷史材料加以精心剪裁和安排，使之故事化。用劉熙載〈藝概〉裡的話說就是「紛者整之，孤者輔之，板者活之，直者婉之，俗者雅之，枯者腴之」。劉知己在《史通．雜說》中，用精煉的語言高度評價了左丘明的敘事藝術，他說：「左氏之敘事也：述行師則簿領盈視，嚨聒沸騰；論備火則區分在目，修飾峻整。言勝捷則收穫都盡，記奔敗則披靡橫前，申盟誓則慷慨有餘，稱譎詐則欺誣可見，談恩惠則煦如春日，紀嚴切則凜若秋霜，敘興邦則滋味無量，陳亡國則淒涼可憫。或腴辭潤簡牘，或美句入詠歌。跌宕而不群，縱橫而自得。」

左丘明善於通過對話和行動寫人。〈秦晉崤之戰〉中，先軫得知晉襄公聽從晉文公夫人文嬴的請求而把秦囚放走後，氣得捶胸頓足、破口大罵：「將士在戰場上用很大力氣才俘獲他們，婦人在國內剎那間就把他們放走了，毀滅了戰爭的勝利果實而助長了敵人的囂張氣焰，晉國快要滅亡了。」一邊罵不絕口，一邊隨地吐唾。先軫在盛怒之下，不顧君臣尊卑，故意直呼文公夫人為「婦人」，又用吐唾沫的行動表示他對襄公頭腦簡單、放虎歸山的強烈不滿，這就把先軫的暴烈、膽識和對晉國的至誠，傳神地刻畫出來。

左丘明善用通俗、明快、簡潔、有力的語言寫人記事，常常言有盡而意無窮，表現了左氏高超的語言技巧。

拒不納諫的昏君周厲王

周厲王姬胡，是周王朝的第十代君主。他即位時，周朝已是日薄西山，每況愈下。西北遊牧部落銳意東進，攻勢兇猛，成為周王朝的嚴重威脅。一些諸侯國因實力增強而漸生疏離之心，使周王朝常常為不能有效地控制和調度它們而大傷腦筋。這一問題在夷王時就已經很突出。夷王是厲王的父親，性格似乎很軟弱，有的諸侯來朝，他居然不敢坐受朝拜，有時甚至要走下朝堂，屈尊迎候諸侯，從而喪失了一個君主應有的凝聚力和威懾力。開業建國時文武二王的恢弘氣度和豐功偉績，與「成、康之治」時的兢兢業業和輝煌盛景，在大多數姬姓子孫的心目中似乎已經淡漠，令有識之士倍感痛心和憂慮。

夷王死，厲王即位。他一反父親的軟弱無能，顯示了強硬的姿態和凌厲的作風。他試圖重塑王室的形象。對外，一面向西北邊境增兵，抵禦游牧部落的侵襲，一面興師動眾地南征楚人，東伐東夷、淮夷。但一次又一次的耀武揚威，勞師遠襲，其結果卻是一次又一次的損兵折將，徒勞而返。對厲王來說，除了贏得一個「無道」之君的罵名，別無他獲。更為嚴重的是，國家與民眾被拖入災難的深淵之中，厲王卻視而不見，反而窮凶極惡、變本加厲地盤剝國人。

正當厲王為國庫的極度匱乏而大傷腦筋的時候，榮夷公提出了壟斷山林川澤的建議，使厲王頓時愁眉舒展。厲王因此對榮夷公格外寵信。大夫芮良夫知道後，非常擔憂，因為山林川澤是國人的生計依賴，也為各領主所共同享有。如果禁止國人前往採樵、漁獵，把山林川澤之利收歸王室，勢必要斷絕國人的生計，也要損害各領主的既得利益，其最終結果只能給周王朝帶來更加嚴重的危害。於是，他立即入宮直諫厲王，劈頭就說：「王室將要衰敗了！」厲王迷惑不解。芮良夫說：「『利』這種東西，是萬物生成的，為天下人所共同享用。如今您聽信榮夷公的話，要獨占天下的厚利，被激怒的人一定非常多，那將貽害無窮。用這種做法治理天下，大王能統治長久嗎？先祖後稷和文王功德齊天，他們開發天下的資源貨利，布施給上上下下的人，尚且要每日戒備警惕，提防災難的降臨，而您卻要獨占，這怎麼可以呢？如果您重用榮夷公，周王室一定會衰敗。」說到這最後一句，芮良夫有意加重語氣，提高聲調。可是，心不在焉的厲王早已哈欠連天，不勝其煩，只是礙於芮良夫的老臣身份，一時不便發作。

芮良夫不愧是一位頭腦清醒、深謀遠慮的有識之士。他這一番話持之有故，言之成理，特別是最後一句，斬釘截鐵，振聾發聵，然而，令人遺憾的是，剛愎自用、利令智昏的厲王根本沒有聽進去，不久，他就任命榮夷公當了卿士，主持政事，推行壟斷政策。芮良夫勸諫未果，憤而作〈桑柔〉一詩，一面痛斥厲王愚蠢貪鄙，聽信小人讒言，施行暴政；一面哀嘆民心離亂，國運衰頹。但他對厲王仍然抱有幻想，希望厲王改邪歸正。

厲王的倒行逆施、橫徵暴斂，激起了國人的強烈不滿，他們紛紛議論朝政、咒罵厲王。卿士邵公憂心忡忡地把民怨沸騰的情況告訴厲王，並提醒他說：「百姓忍受不了您的政令啦！」不料厲王一聽，竟火冒三丈，怒不可遏。他立即派人找到一個衛國的巫師，讓他監視議論朝政、咒罵厲王的人，發現後馬上告發。厲王便把這些人逮捕起來，斬首示眾。這樣一來，國人再也不敢公開發表意見了。人們在道路上相遇，只能用眼神示意，互相交流他們的憤恨之情。

愚蠢的厲王自以為從此天下太平了，他召見邵公，得意洋洋地炫耀自己的威懾力。而邵公愈發擔憂，他深知政治高壓雖能使國人暫時緘默，但沉默中將會孕育更強烈的反抗。邵公掩蓋不住自己的感情，痛切地說：「這是硬性堵塞啊。堵住百姓的口，比堵截河流還危險。

河水被堵就要決堤，危害非常大；禁止人們說話，必然會引起類似河水決堤氾濫的嚴重後果。因此，治理河道的人要排除水道的壅塞，使它暢通；而治理百姓的人，就要開導他們，使他們敢於發表意見。」接著，邵公向厲王一一陳述了從公卿大夫、王親國戚到下層官員直至平民百姓進諫的各種形式和方式，指出君王不僅要聽取各方面的意見，還要注重聆聽樂官史官的教誨，然後對各種意見、教誨親自加以斟酌取捨，決定施政方針，這樣做才不違背情理。最後，邵公反詰說：「百姓心有所想，就要用口說出來，怎麼能夠堵住呢？如果堵住他們的口，那麼信服您的人還能有幾個呢？」

情急之下，邵公將自己的意見一口氣和盤托出，闡發盡致，雖然不免有些疾言厲色，卻酣暢淋漓，猶如飛瀑直下，促人警醒。邵公善於辭令，尤以列譬設喻見長，一句「防民之口，甚於防川」，用喻恰當、形象生動，充分表現了邵公的遠見卓識與對民意的高度重視。他把廣開言路（而不是壅塞民口）作為衡量鑑定政治好壞的標準，並將能否廣開言路、聽取民意，提到關乎國家興亡的政治高度，這在當時是難能可貴的。這一進步思想，對後世影響深遠。「防民之口，甚於防川」成為歷代統治者所熟稔的警語。受其啟發，《荀子・王制篇》、《孔子家語》、魏徵的〈諫太宗十思疏〉、陸贄的〈奉天論延訪朝臣表〉等，均將人民比作水，一再闡述「水則載舟，水則覆舟」的深刻道理。

那麼，在當時，周厲王是否聽取了邵公的勸諫呢？

沒有。《國語》明確記載，厲王依然無動於衷，我行我素。三年後，即公元前八四一年，一場壅之於口而發之於心的大風暴終於發生了。不堪受虐的國人，實在忍無可忍，向厲王發出了憤怒的吼聲，他們包圍並襲擊了王宮。厲王倉皇出宮，狼狽不堪地逃到彘（今山西霍縣），後來死在那裡。此後，周朝雖有「宣王中興」，但衰頹之勢已是無可挽救了。

《國語》真實地記錄了厲王由信用佞臣、專擅財利到壅塞民口、推行暴政，終於引發「國人暴動」的歷史過程，刻畫了一個暴虐凶殘、剛愎自用、昏庸愚蠢、拒不納諫的暴君形象。厲王可悲而又可恥的下場，對後世無疑具有警戒的作用。

鮑叔牙大義薦管仲

齊桓公即位後，請他的師傅鮑叔牙做太宰。太宰為百官之首，位居一人之下，萬人之上，在宗法世襲社會，是貴族所能謀取的最高官職，其尊貴榮耀，可想而知。但是出乎意料的是，鮑叔牙竟婉言謝絕，他說：「我，是您的平庸之臣，您施加恩惠於我，使我不受凍挨餓，就是您對我的賞賜了。如果一定要治理國家，那不是我力所能及的。」鮑叔牙推辭當太宰，是文中出現的第一個波折，這個波折是引起下文的契機。也許，齊桓公還沒有反應過來，快人快語的鮑叔牙就推出了管仲，並不惜貶抑自己以褒揚管仲：我不如管仲的地方有五項：寬宏恩惠能安撫人民，我不如他；治理國家能確保國家的根本權益，我不如他；講究忠信，能團結百姓，我不如他；制定禮法制度能使四方的人都效法，我不如他；手拿鼓槌站在軍門指揮戰鬥，使百姓更勇敢，我不如他。鋪陳排比，一氣呵成，高度評價了管仲的政治才能。然而，齊桓公對管仲卻心有餘悸。公元前六八六年，齊襄公被殺，桓公（小白）與公子糾爭奪君位。公子糾的師傅管仲在桓公歸齊時埋伏、襲擊他，並射中桓公帶鉤。桓公因此對管仲一直耿耿於懷。方才鮑叔牙推辭太宰不就，也許已令他不快，現在又向他薦舉仇人管仲，按情理，齊桓公難以接受。果然，齊桓公重提舊事，依然憤憤不平。這是文中出現的第二次波折。

接著，鮑叔牙為管仲辯解說，管仲當年射箭是出於對主子的忠，如果桓公赦免他，重用他，他也會像忠於公子糾一樣忠於桓公。鮑叔牙用一個「忠」字，既開脫了管仲的罪責，又突出了管仲的品德，從而打消了齊桓公的疑慮。可是管仲此時被囚禁在魯國，怎麼能讓他回來呢？如果向魯國請求放人，魯國那位洞若觀火、料事如神的大臣施伯，一定會戳穿齊桓公的意圖，請求魯莊公殺掉管仲，那又該怎麼辦呢？齊桓公的兩個問題，自然而然地引出「鮑叔獻計」：派人出使魯國，以桓公為解射鉤之恨，要在齊國大臣面前親手處死管仲為理由，要魯國押送管仲回齊。至此，一場齊國君臣之間的談話暫告結束。空間場景移至魯國，人物也相應發生變化。齊使臣到魯國以後所發生的事情，果然不出齊桓公所料，施伯一下子就識破了齊國要人的真正意圖：殺管仲以解一箭之仇是假，想重用他治理國家才是真。管仲是天下奇才，「在楚，則楚得意於天下；在晉，則晉得意於天下；在狄，則狄得意於天下」

（《管子・小匡》）。作為一個經驗豐富、嗅覺敏銳的政治家，施伯深刻地意識到，如果答應齊國的請求，那無異於放鮫入海，縱虎歸山，勢將遺患無窮。因此，他馬上向魯莊公指出問題的嚴重性，並要求莊公果斷地殺掉管仲。魯莊公將要殺掉管仲，是文中出現的第三次也是最大的一次波折。管仲歸齊之策本應萬全，卻因施伯之言而受挫。形勢嚴峻，氣氛緊張，令人提心吊膽。

最後，齊國使臣處亂不驚，沉著冷靜地再次施用鮑叔之計，請求魯莊公放人。魯莊公終於回心轉意，打消了殺管仲的念頭，並派人把管仲綁起來交給了齊國使者。管仲歸國，有驚無險，懸念終得化解，明驗了鮑叔牙的足智多謀。

鮑叔牙熱誠謙虛、知賢讓賢、以國為重，而又足智多謀。齊桓公寬宏英明、從諫如流，而又料事如神。管仲雖未出場，但通過鮑叔牙和施伯的評價，也呼之欲出。

管仲歸國後，知恩圖報。在他的輔佐下，齊國國富兵強，終成霸主。一個世紀以後，孔子由衷地讚嘆道：「管仲相桓公，霸諸侯，一匡天下，人民到今天還得到他的好處，假如沒有管仲，我們都會披散著頭髮，衣襟向左邊開，淪為落後民族了！」「管仲仁德啊！管仲仁德啊！」（《論語・憲問》）

管仲名垂青史，鮑叔牙也因舉薦管仲而贏得了後人的高度讚譽。正如司馬遷在〈管晏列傳〉中所說：「世人不讚美管仲的賢能但讚美鮑叔牙的知賢讓賢。」在道德淪喪、世風日下的時代，飽嘗人間滄桑、歷盡世態炎涼的人們，更容易想起鮑叔牙來。

敢於指責君王過錯的里革

里革是春秋時代魯國的太史，自文公、宣公至成公，歷事三朝，始終恪盡職守。他性如烈火，剛直不阿，有膽有識，敢說敢諫。《國語・魯語》中記載的其人其事，歷來為人所稱道。

魯宣公即位不久，鄰國莒發生了宮闈之亂。莒國君主紀公先立長子僕為太子，後又偏愛小兒子季佗，便廢僕立佗。太子僕怒火沖天，就利用國人對父親的不滿，殺了父親紀公，然後帶著父親的寶物跑到魯國。他怕魯宣公不接納他，便謊稱自己是為了向聖明仁德的宣公獻寶，才殺了多行不義的父親。他的一番花言巧語，說得魯宣公心花怒放。魯宣公非常高興地收下寶物，並立即派人帶著親筆書信去找正卿季文子，命令他賜予公子僕城邑。信中說：「那莒太子為了我，毫不畏懼地殺了他的君父，而且帶來寶物。我要獎賞他的忠心，你替我賜予他城邑。今日必授，不得違命。」

里革聽說犯有弒逆之罪的莒太子僕逃到魯國，卻未料到宣公這麼快就接納了他，並且賜予他城邑。正欲進宮的里革恰巧遇見了送信人，並探知了這一情況，心中連聲叫苦，埋怨宣公愚魯荒唐。里革急中生智，立即改寫了信的內容，說：「莒太子殺了自己的君父而且偷了寶物，不懂得自己被廢，已沒了出路，還要來和我親近，你替我把他流放到東夷。今天就通報，不得違命。」

第二天，有人向宣公匯報處理的結果，宣公甚感驚詫。當他問明詳情，不禁勃然大怒，下令逮捕了里革。他聲色俱厲地對里革說：「違背君命的下場，你聽說過嗎？」里革神色自若、義正辭嚴地回答：「我冒死提筆改信，何止是聽說呢。我還聽說：敗壞法律的叫賊，隱匿盜賊的叫藏，偷竊寶物的叫內亂，享用贓物的叫姦。莒太子想讓您成為藏姦的人，不能不趕跑他。我違背您的命令，不可不殺。」宣公沉默了一會兒，悻悻地說：「我確實有些貪心，不是你的罪過。」就下令釋放了里革。

還有一年夏天，魯宣公來到泗水，把漁網沉到深淵捕魚。里革見了，迅速來到宣公跟前，一言不發，就把漁網割斷扔了。宣公一時驚愕，正要發作，里革卻先聲奪人，直言進諫。他首先援引古訓說：「古時在大寒之後蟄居冬眠的動物開始活動時，掌管川澤漁獵的官員就籌劃使用漁網、竹簍子捕得大魚、鱉蜃之類，拿到宗廟中祭祀祖宗，並讓全國百姓執行，這樣做有助於促使地下的陽氣上升。鳥獸交配懷孕時，魚類已經長成，掌管山林狩獵的官員，下令禁止用網捕捉鳥獸，只准刺取魚鱉風乾儲存，這樣做有助於鳥獸的生長。鳥獸長大了，而魚類正處孕育產籽期，掌管川澤的官員便禁止用網捕魚，只允許安設陷阱和捕獸器，捕取鳥獸來供應宗廟和廚房的需求，讓魚類生長繁殖、積蓄，以備享用。在山上不准砍伐小樹，在湖澤邊不許割取幼嫩的草木，捕魚時禁止捕小魚，捕獸時要留下小鹿和麋子，捕鳥時要保護雛鳥和鳥卵，捕蟲時禁止捕捉蟻卵和幼蝗，都是為了讓萬物生息繁衍，這是古人的教導。」里革見宣公若有所思，卻又有些懵懂，便話鋒一轉，直刺宣公說：「現在正是雌魚離開雄魚別居懷籽之季，您卻不讓雌魚和魚卵生長，反而下網捕撈，這是貪婪無度啊！」

宣公聽了這些話，不僅沒有惱怒，反而幡然省悟。他說：「我有過錯，而里革糾正我，不也很好嗎！這是一張好網啊！它讓我懂得了古代治理天下的方法。我要讓有司收藏起這網，令我永遠不忘。」有個名叫存的樂師正在他身旁侍候，向宣公建議說：「保存這網，不如把里革永遠安置在您身旁，就不會忘記他的規諫了。」宣公點頭稱許。

魯成公十八年春，晉卿欒書和中行偃合謀殺死了晉厲公，魯國掌管邊境的官員把這個消息稟告給朝廷。魯成公召見群臣，他用威嚴的目光掃視他們，問：「臣子殺了自己的君王，是誰的過錯？」大夫們或面面相覷，或低頭不語，一時間朝廷陷於沉寂。成公面呈慍色，又問：「難道是君王的過錯嗎？」這時，太史里革勇敢地站出來，面對魯成公，以沉穩而剛勁的語調說道：「是君王的過錯。統治百姓的君王，權威很大，而失掉權威以至於被殺，那他的過錯一定太多了。君王是治理百姓並糾正百姓邪惡的，如果君王放縱自己，而拋棄了治理百姓這件大事，那麼邪惡現象就會越來越多，百姓就會陷於犯罪的境地，而無法拯救；任用賢臣不肯專一到底，即使法律也行不通。百姓到了絕望的地步沒有人體恤，還要君王做什麼？夏桀最後逃到南巢，商紂王死在京師，周厲王被流放到彘地，周幽王在戲山被殺，這些都是以邪治民的緣故。君王對於百姓，就好比養魚的川澤。君行而民從，好壞都是由於君，百姓怎麼能無故弒君呢？」

這三個故事，生動地塑造了一位以國家利益為重，不畏懼死亡，敢於衝撞君王，違抗君命的直臣里革的形象。他敢於違抗君命，更改書信，是為了滌除君王的貪心，避免君王背上藏姦的罪名，貽留後患；他強行阻止君王捕魚，也意在批評君王的貪得無厭，意旨深遠宏大；他直諫魯成公，指明臣弒君錯在君主，對君主以邪治民，進行了鞭辟入裡的剖析和嚴厲的批評，更是義正辭嚴。

大智叔向「賀貧」的故事

叔向是晉國大夫，晉悼公的兒子晉平公的太傅，學識淵博，德高望重。《國語・晉語》對他的記載很多，其中叔向賀貧的故事，最為後人所稱道。

一次，叔向去會見正卿韓宣子（名起），韓宣子正為貧窮憂愁。誰知叔向卻向他表示祝賀。文章以此開端，不同凡響。清倪承茂《故約編》說：「從來賀字不與憂字為類。叔向故出一奇，以聳宣子之聽。」韓宣子不明其意，覺得受到了嘲弄，說：「我有正卿之名，卻沒有正卿應有的財產，沒有與卿大夫們交往的資本，我正因此而憂愁，你卻祝賀我，這是為什麼呢？」他的發問在叔向意料之中，因此，叔向藉此機會發表議論也就成為順理成章的事了。

叔向沒有立即直接回答「賀貧」的理由，而是就近取材，不慌不忙地講起了晉國的兩位歷史人物。第一個人物欒武子，曾是晉國的正卿，與現在的韓宣子地位相同，而經濟條件比韓宣子還要差。按照晉國政府的規定，正卿應得五百頃田賦的俸祿，上大夫應得一百頃田賦的俸祿。然而欒武子身為正卿，實際上連上大夫一百頃田賦的俸祿都不夠，家中祭祀所用的器具也都不齊全。文中，作者首先點出欒武子的「窮」，與韓宣子剛說過的「有卿之名，而無其實」這句話相照應，從而引起韓宣子談話的興趣，產生一種同病相憐的共鳴效應。然而，叔向沒有在貧富問題上繞圈子，而是轉入正題，在有德無德上大做文章。他指出，欒武子雖窮，卻能發揚美德、遵守法度，結果美名遠播於諸侯各國，諸侯親近他，子民擁戴他，不但安定了晉國，而且澤及下一代。他的兒子桓子過分驕傲，奢侈無度，貪得無厭，觸犯法令，肆意胡為，囤積居奇，牟取暴利，這樣的人本應遭難，卻仰賴父親欒武子的美德，得以善終。到了第三代懷子，他一改桓子的所作所為而學習祖父的美德，本應無難，卻因他父親罪孽深重，受到連累，最後逃亡到楚國。欒氏三代的情況，說明貧富問題只關涉到個人利害，而德之有無，不僅影響到國家安定與否，也關係到子孫後代能否長葆無虞。這是從正面說明貧而有德之可賀。

接著，叔向又舉郤氏為例。此卿怎生了得，他的財產不僅抵得上晉國公室財產的一半，而且他的家人在三軍將帥中佔一半，可謂大富大貴。然而他依仗著有錢有勢，在晉國過著極其奢侈的生活，還企圖專制朝政，最後落得個身死族滅、陳屍於朝、無人哀痛的可悲下場。這是從反面說明貧而有德之可賀。

欒、韓兩人都是晉卿，一個貧而有德，一個富而無德，有德無德福禍不同，正反對照，涇渭分明，不能不引起韓宣子對貧與德關係問題的嚴肅思考，以使自己盡快從「憂貧」的苦惱中擺脫出來。叔向似乎已經感覺到了這一點，於是，他以肯定的語氣解答韓宣子的問題：「現在你有欒武子那種貧困的境況，我以為你能學習他的德行，因此向你祝賀。」叔向對韓宣子是否有欒武子一樣的德行，未下斷語，不過用「我以為」的語氣揣摩一下，可以看出他對韓宣子的品行有一定了解，否則他不會一見韓宣子憂貧就表示祝賀，祝賀本身寄寓著叔向對韓宣子的信任和期待。「德從貧苦中生出，是則賀其德即賀其貧也。」（秦同培《國語評注讀本》）為了使韓宣子對叔向的話深信不移，最後，叔向又加強語氣，補充說：「如果不憂慮德行沒有建樹，卻憂患財貨不足，我要哀弔還來不及呢，哪裡還會祝賀？」叔向以反問結束議論，再一次提醒韓宣子不要不計後果。韓宣子聽完這番話，猶如醍醐灌頂、甘露洒心，立即稽首稱謝。結尾交代這一筆，說明叔向的談話收到了預期效果。

禮樂之國一女傑：敬姜

在魯國，有一位與孔子生活在同一時代且年齡相仿的女性，雖然她的影響遠遠不及孔子，但在維護和實踐周禮這方面卻非常嚴肅而虔誠。《國語》的作者似乎很敬重和推崇這位女性，〈魯語下〉共有文二十一篇，而寫這位女性的竟有八篇之多。她不是政治家，卻有政治家的頭腦；她沒有絲毫政治野心，卻有著強烈的憂患意識；她出身高貴，知書達理，與周圍的貴婦人相比，她少的是養尊處優，多的是勤勞儉樸；她活動的範圍非常有限，卻始終不懈地盡其所能，把自己的作用發揮到極致。她就是魯大夫公父文伯的母親，已故魯國貴族穆伯的遺孀——敬姜。

文伯之母敬姜是正卿季康子的叔祖母。季康子權傾朝野，炙手可熱，然而對文伯之母非常尊重，執禮甚恭。有一次，他主動上門求見，希望聆聽叔祖母的教誨。文伯之母就引用公婆曾經說過的一句話「君子能勞，後世有繼」，告誡季康子要貴而不驕，從長計議，勤於政事，肯於辛苦，這表明，敬姜是一位很有政治頭腦的貴族婦女。

如果說孔子是傳禮大師，那麼敬姜無疑是實踐禮的楷模。她無時無刻不用禮來約束自己的言行，不管是日常交往，還是教育子女。她都能夠嚴肅而認真地貫徹禮，即使到親戚家做客也不例外。有一次，敬姜去季康子家，當時季氏正在外廳堂辦公，見叔祖母來了，立即起身迎拜。可是敬姜沒有應聲，一直往裡走，到了內廳堂，仍沒有出聲。季康子以為有什麼事得罪了叔祖母，馬上停止辦公，跟隨叔祖母來到內室，向她請罪。敬姜這才告知，她不敢在外廳堂和裡廳堂說話，季康子如釋重負。原來外廳堂是卿大夫辦公場所，裡廳堂是研究家政的地方，只有內室即婦人做活的地方才可以聊家常。

敬姜在丈夫死後一直寡居，待人接物，格外謹慎。季康子雖然是晚輩，但只要來她家，她一定開著門和季康子說話，彼此都不過門檻。季康子參加悼子（文伯的祖父）的祭禮，在獻祭肉時，敬姜沒有親手接，祭祀完畢後也沒有和季康子一起宴飲，這說明她深深懂得男女分別之禮。孔子聽說後，大加讚賞。

敬姜不僅身體力行，率先垂範地貫徹禮，而且教育子女無論何時何地都要用禮規範行為。文伯宴請大夫南宮敬叔，讓大夫睹父做上賓。吃鱉時，睹父見給他的鱉小一點，臉色一沉，說：「讓鱉長大以後再吃它。」然後起身拂袖而去，宴會的氣氛驟然冷清。敬姜聽到後，非常生氣，她嚴厲斥責文伯沒有禮敬上賓，惹惱客人，隨即就把文伯趕出了家門。五天後，大夫們說情才讓文伯回家。

敬姜教子嚴格，與其有著強烈的憂患意識有一定關係，她不希望兒子貪圖安逸，失德敗性，最終導致家業無以為繼的悲劇發生。她認為禮是規範行為、培養良好德性的最好途徑，也是人格修養的理想境界。因此，她對禮教非常重視，有時簡直到了苛刻的程度。

敬姜並非一貫板著面孔，令人望而生畏，而是威而有慈，注意捕捉時機，講究教育方式方法。文伯退朝，見母親正在紡麻，認為有失體統，擔心招惹權貴們的不滿。這一次，敬姜沒有發火，她一面嘆息說：「魯國大概要滅亡了！」一面讓文伯坐在自己身邊，用前代天子、卿大夫、諸侯和士人的勤勞從政教導文伯：勤勞產生節儉，節儉產生善心；安逸產生放蕩，會丟了善心而滋生壞心。她語重心長地對文伯說：「君子用心力操勞，小人用體力操勞，這是先王的教導。從上到下，誰敢放蕩而不盡力勞作？如今我是個寡婦，你是個下大夫，早起晚睡地做事，尚且怕丟了先人的功業，你方才卻說『為什麼不自求安逸？』用這種怠惰的念頭做官，我擔心你亡父的祭祀要斷絕了！」敬姜動之以情，曉之以理，對兒子進行了一場深刻的人生觀教育。

臥薪嘗膽，勾踐滅吳

千百年來，越王勾踐作為春秋時期著名的君主形象，在我國浩瀚的文學畫廊中佔據著十分顯著的地位。他雄才大略，堅韌異常，以屈膝為奴而靜伺轉機，以臥薪嘗膽而砥礪意誌，以西施美色而禍亂敵政，以養精蓄銳而攻擊吳國。特別是他為雪恥而「臥薪嘗膽」的故事，成為文學史上不朽的話題。

公元前四九四年，吳王夫差為報越國殺父之仇，興傾國之精兵，任伍子胥為大將，伯嚭為副將，從太湖取水道攻打越國。越王勾踐率領越國最精銳的壯士三萬人在夫椒山迎戰，越軍慘敗，勾踐帶著殘兵敗將五千人退守在會稽山，形勢緊迫。

勾踐立即召集謀臣商議。范蠡針對吳王夫差好勝喜功，狂妄自大的特點獻計說：「我們可以對吳王說些謙卑的話，送他珍玩與女色，稱他為天王，甚至我們君臣可直接到吳國為夫差當奴僕。只要求和成功，我們就可以伺機再起。」於是，勾踐就派大夫文種去吳國求和。

文種見到吳王夫差，立即雙膝跪地，極其謙卑地懇求說：「我們的隊伍不值得屈辱您討伐，我們願意將財寶、美女都獻給大王，請讓勾踐的女兒給大王做女奴，讓大夫的女兒給吳國大夫做女奴，讓士人的女兒給吳國的士人做女奴，我們國君的軍隊也聽憑大王的指揮調遣。如果認為越國的罪不可寬赦，那我們將燒了宗廟，把妻子兒女調動起來，把金銀財寶沉到江裡，我們有披甲的將士五千人準備拼死，那就必定一個頂倆，用這一萬人來抵抗大王，恐怕會傷了大王所愛的，你們與其殺了越國人，還不如得到這個國家，哪個有利呢？」文種的措辭先是極盡謙卑，抑己揚他，而後由軟變硬，有破釜沉舟、魚死網破之勢，使夫差飄飄然又凜凜然，於是，他打算同越國議和。伍子胥聽說後，風風火火地來到宮中向夫差進諫：「不行啊，不行啊，大王，千萬別上越國的當。吳越有不共戴天之仇，有他沒我，有我沒他，現在不乘勝消滅它，將遺患無窮啊！」夫差只好說再議。

范蠡再施一計：以珍寶美女賄賂夫差寵臣伯嚭，利用他說服夫差。於是，勾踐命文種再赴吳國，將珍寶和八名美女一併進獻給伯嚭。文種抓住伯嚭好色的心理，又誘惑他說：「越國還有比這八個更漂亮的，如果您赦免越國之罪，下次一定全部進獻給您。」結果一如范蠡所料，夫差在伯嚭的勸誘下答應議和。伍子胥見情勢無可挽回，仰天長嘆：「不過二十年，吳國的宮殿將變成越國的沼澤地。」

這一年的五月中旬，越王勾踐將國事託付給文種，便帶著妻子、范蠡和三百個士人去吳國俯首為僕，勾踐每日蓬頭垢面，或執帚掃地，或執韁牽馬，或嚐夫差糞便，忍受了人世間最難忍受的屈辱。三年後，夫差不顧伍子胥的勸阻釋放了越王勾踐。

勾踐回國後，日日夜夜，無時無刻不以報仇雪恥為志，他只穿越后親手做的布衣服，不吃肉食，不聽音樂，住在破舊的房子裡，睡在柴草上，頭頂上懸掛著苦膽，飲食起居必先嘗嘗苦膽。

為了振興越國，勾踐採取了一系列強國富民的政策：發展人口，命令壯男不娶老婦，老男不娶少婦，凡女子十七歲不出嫁、男子二十歲不娶者，其父母有罪。孕婦臨產，醫生由官府選派，生男孩，賞兩壺酒，一條狗；生女孩，賞兩壺酒，一隻小豬；生三個兒子，官府撫養兩個，生兩個兒子，官府撫養一個。有喪妻者，勾踐親自哭著埋葬，像對待自己的子女一樣。鰥寡孤獨，老弱病殘，均有所養。賢士歸附，都以禮相待。十年不收賦稅，家家都有三年餘糧。對外則結交齊國，親近楚國，依附晉國，於是，越國很快就壯大起來。

為了蒙蔽吳國，爭取復仇時間，越國表面上加倍討好吳王夫差，進貢不絕。勾踐依文種之計，派范蠡向夫差進獻苧蘿美女西施和鄭旦，西施有傾國傾城之色，身體有異香，夫差大喜，說：「這是勾踐忠於我的證明啊！」西施侍於吳王身邊，放縱其情慾，消磨其意志。伍子胥用夏因妹喜、殷因妲己、周因褒姒而亡國的史實勸諫，吳王不聽。范蠡又大肆行賄伯嚭，讓他不斷地在吳王面前替越國講好話。為了探聽吳國軍隊的情況，勾踐又派大夫諸稽郢去犒勞吳國三軍，使吳國君臣非常高興。伍子胥憂心如焚，頻頻進諫，最終惹怒夫差，被賜死。

經過默默的積極的備戰，勾踐已如猛虎蒼鷹準備下了強爪利喙，只待時機到來時的一搏了。

公元前四八二年，越國趁吳王夫差赴董地會盟、國內空虛之機，興兵攻入吳都姑蘇城，殺死吳國太子友，燒毀姑蘇台。據說大火燒了一個多月都沒有熄滅。勾踐在伯嚭苦苦哀求下答應議和。十年後，越國向吳國發動了最後進攻，越軍三戰三捷，攻入姑蘇城。吳王夫差逃到姑蘇山上，派王孫雄向越王勾踐乞和，越王想答應，范蠡進諫說：「讓我們每天早早上朝，晚晚理朝而憂勞國事的，不是吳國嗎？跟我們奪三江五湖的，不是吳國嗎？您難道忘了被圍困在會稽的事嗎？七年功夫的圖謀，一下子就丟掉它，難道可以嗎？」最後，越王讓王孫雄傳話給吳王說：「過去上天把越國賜給吳國，而您沒有接受；現在上天把吳國賜給我們越國，我不敢不接受。我將把吳王送到甬、句東（今舟山群島），讓他活到死。」夫差聽到後，羞愧萬分，淚水潸然，他淒涼地說：「凡是吳國的土地和人民，越國已全部佔有了，我還有什麼資格活在世上！悔我當初不聽伍子胥之言，如今還有什麼臉面去見伍子胥啊！」說完，用布蒙上眼睛，就自殺了。

勾踐回師途中，范蠡攜西施泛舟而去，沒人知道他們最後到了哪裡。文種不聽從范蠡「兔盡狗烹」的警告，隨師回國，不久，便被賜死。

伍子胥二十年報仇不晚

伍子胥是春秋時期吳國有名的忠臣。他本是楚國人，因父兄被殺而流亡吳國，以謀略為吳王闔閭所信用，以自負為同胞伯嚭所讒毀，以直諫為吳王夫差所殺害。他的剛直不阿、他的忠心耿耿、他的專橫殘暴、他的大智大勇、他的直言敢諫、他的驕傲自負，以及他坎坷的身世和「兔死狗烹」的結局，給後人留下了說不盡的話題和無盡的感嘆。

公元前五二七年，荒淫無恥、棄子奪媳的楚平王聽信奸佞費無極的讒言，殺死了太子建的師傅伍奢及其長子伍尚。次子伍員（子胥）隻身逃往宋國，投奔太子建，不巧宋國發生內亂，兩個人又倉皇逃到鄭國，受到鄭國的禮待。然而太子建忘恩負義，不自量力，竟暗中和晉國勾結，妄圖滅掉鄭國，結果事泄被殺。伍子胥懷著對太子建的深深失望逃離了鄭國。一路上風餐露宿、東躲西藏，過韶關時，險些被鄭子產派的人抓住，傳說他一夜愁白了頭。後來，他在長江邊幸遇漁長相助，才逃離了險境。

在吳國，伍子胥吹簫行乞時結識了義士專諸，兩人一見如故，結為至交。通過專諸，伍子胥了解到吳王僚氣量狹小，刻薄寡恩，不恤民困，濫施征伐，便和專諸一起投靠了公子光。公子光有勇有謀，知賢愛能。並且與吳王僚結怨甚深，有奪權之志。他讓伍子胥暫時隱居郊區耕田，以待時機。

公元前五一五年，楚平王死，好戰喜功的吳王僚派自己的兩個弟弟蓋餘、燭庸和太子慶忌伐楚。都城空虛，疏於戒備，公子光、伍子胥和專諸趁機謀殺了吳王僚，專諸也被殺死。公子光即位，這就是吳王闔閭，他任命伍子胥為行人（外交官），任另一位楚國流亡貴族伯嚭為大夫，共同管理國政，伍子胥推薦孫武為將軍，加強軍備。吳王闔閭依靠他們的輔佐欲圖中原，爭當霸主。

公元前五〇六年，吳王闔閭以孫武為大將，伍子胥、伯嚭為副將，弟弟夫概為先鋒，出兵六萬，大舉進攻楚國，五戰五勝，攻克楚國郢都，楚昭王出逃。伍子胥憤怒地掘開楚平王的墳墓，用銅鞭照著楚平王的屍體狠狠抽了三百鞭，仍不解恨，伍子胥又用腳踐踏屍體，用手挖平王的雙眼，嘴裡憤然罵道：「昏君，你活著的時候有眼無珠，不分好壞忠奸，聽信讒言，冤殺我父兄，可恨沒能親手殺了你！」話音未落，一劍砍掉平王的腦袋，又毀掉平王的衣服和棺木，將屍體拋在荒野裡。伍子胥沒能親手血刃楚平王，但掘墓鞭屍，也算是報了多年來刻骨銘心的冤家之仇。

謀將曹劌奇語論戰

常言道：「千軍易得，一將難求。」戰爭，並不僅僅表現為刀光劍影、金戈鐵馬的血腥搏殺，更意味著雙方將帥運籌帷幄的智謀較量。在瞬息萬變、紛繁複雜的戰場上，將帥的文韜武略往往影響著整個戰局的走向，決定著戰爭的勝負。

「曹劌論戰」的故事，情節很簡單。它講的是春秋時期齊魯長勺之戰的一個片斷。長勺之戰的起因，可以追溯到公元前六八六年齊國的君位之爭。齊襄公死後，他的兄弟們展開了爭奪君位的鬥爭，因為魯國支持公子糾，便和太子小白結下了仇怨。小白即位（即齊桓公）後，為報當年之仇，於公元前六八四年指揮大軍進攻魯國。

齊軍大兵壓境，魯國上下頓時亂作一團，文武百官束手無策。無奈之中，魯莊公張榜納賢，曉諭國人獻計獻策。當時，有個叫曹劌的人聞知此事，意欲進宮應召，他的同鄉勸他說：「國家大事，是那些食朝廷俸祿的大官們商量討論的事，不是我們這些草芥小民管得了的，我看你還是在家種你的地吧！」曹劌輕蔑地說：「那些老爺們平時只知道享樂，個個吃得腸肥腦滿，可國家一旦有了危難，人人胸無一策，如果指望他們拯救國家，你我恐怕就要成為齊國的臣民了。」於是辭別同鄉去見莊公。

莊公在宮廷中接見了曹劌。此時的魯莊公如坐針氈，寢食難安，聽見有人前來獻策，如溺水掙扎中抓到了一棵救命草，迫不及待地向曹劌詢問計策。而曹劌卻不緊不慢地說：「戰爭日益逼近，您憑藉什麼與如此強大的齊軍交戰呢？」莊公急忙說：「我平時所有的衣物食品，從不獨自享用，總要分一些給別人，這些人總該為我出點力吧？」曹劌冷笑道：「您的這種小恩小惠，只是落在王公貴族的頭上，老百姓能跟著您去拼命嗎？」莊公又說：「我在祭祀的時候，用的牛羊豬以及寶玉、絲綢總是按規矩去辦，從不敢擅自增減，在對神禱告時，也總是誠惶誠恐，不敢說謊，憑著對神如此虔誠，神靈會保佑我的。」曹劌說：「這些小的信義不足以取得神靈的信任，神不會因此保佑你。」莊公沉吟了一會兒，又說：「對於大大小小的案件，我雖然不可能件件徹底調查清楚，但一定會慎重考慮，盡量處理得合情合理，憑這，總可以了吧？」曹劌聽罷，點了點頭說：「這才是真正盡心盡力為百姓做好事，這樣的話，可以和敵人決一死戰。」

曹劌和莊公的三問三答，談的都不是戰爭，但卻表現了一個軍事家的政治遠見。他認識到人心的向背對戰爭的重要性。

齊魯兩軍終於在魯國的長勺展開了短兵相接的激烈廝殺。這一天曹劌與魯莊公同乘一輛戰車指揮戰鬥。

齊軍在齊桓公的指揮下，氣勢洶洶地殺向魯軍，他們依仗兵強馬壯，人數眾多，向魯軍陣地發起了一輪又一輪的潮水般的衝擊，一時間戰車隆隆，鼓聲震天。而此時魯軍陣地卻出奇的安靜。但實際上曹劌正施行他的戰略戰術，緊張地注視著戰爭的進程。魯莊公面對齊軍強大的攻勢，完全遵循著傳統的戰法，急不可耐地準備擂鼓進攻，被曹劌勸阻。等到齊軍第三次擊鼓，發動攻擊後，曹劌抓住了反攻的有利時機，即「彼竭我盈」之時，充分發揮自己一方士兵的銳氣，實行敵疲我打的方針，一舉擊潰齊軍的進攻，又趁對方潰敗時的混亂，窮追猛打，結果創造了軍事史上以弱勝強的典範戰例。

魯軍凱旋而歸，路上魯莊公對剛才曹劌的指揮大惑不解，曹劌侃侃而談：「夫戰，勇氣也，一鼓作氣，再而衰，三而竭，彼竭我盈，故克之。夫大國難測也，懼有伏焉。吾視其轍亂，望其旗靡，故逐之。」

曹劌在這裡闡述了他的戰術思想。兩軍交戰，以氣為主，氣勇則勝，氣衰則敗，為將帥者，要善於鼓舞將士的士氣，並且設法奪敵之氣，奪其氣，意在竭其力。為此，就要把握時機。「避其銳氣，擊其惰歸。」曹劌善於調動士氣，持重待機，把敵人磨得銳氣殆盡，士氣沮喪，然後一舉殲滅，不愧為臨機決事的謀略家。

齊魯長勺之戰，最終以魯國的勝利拉上了帷幕，但它所體現的戰術思想和曹劌的智謀韜略，卻成為後人們談論不盡的話題。而它以文學筆法塑造的愛國軍事家——曹劌的形象，更是永久地陳列在中國文學的畫廊中，至於「肉食者謀之，又何間焉」、「一鼓作氣」等成語，則一直流傳至今，成為人們口頭上的鮮活語言。

屈完妙辭結盟諸侯

魯僖公四年（公元前六五六年），齊桓公率領齊、宋、陳、衛、鄭、許、曹、魯八國軍隊進攻蔡國。蔡、齊本是友好國家，蔡君之女是齊桓公夫人。可是在一次駕船遊玩中，蔡姬故意把船搖盪著逗桓公，桓公不習水性，很懼怕，讓她停止，她卻搖晃得更起勁。桓公一怒之下將她送回娘家，蔡國也賭氣把蔡姬改嫁，並倒向楚國。桓公這次就先攻蔡國，以洩蔡姬另嫁的私憤。蔡國軍隊一觸即潰，八國聯軍於是浩蕩南進，達於楚國邊境。

春秋時，諸侯之間的征討，總要找到點藉口，所謂「師出有名」。諸侯聯軍伐楚，楚成王不知何故，派使臣前去質詢。楚使來到齊軍，向齊桓公質問道：「君處北海，寡人處南海，惟是風馬牛不相及也，不虞君之涉吾地也，何故？」意思是說：楚國和齊國相距遙遠，向來互不干涉，不知道齊國的軍隊為什麼跑到楚國的土地上。楚使為了強調齊楚兩國相距遙遠，一向互不來往，採用誇張的手法，說一個處北海，一個處南海，遠得連牛馬放牧也碰不到一起。言外之意是說楚國並沒有什麼地方冒犯齊國。他說得理直氣壯，又含蓄婉轉。

管仲代表桓公回答說：「齊國先君在西周受封的時候，就擁有征伐諸侯的權力。征伐範圍，東邊到大海，西邊到黃河，南邊到穆陵，北邊到無棣。楚國就在這個範圍之內。」接著，管仲歷數楚國的罪過：「你們楚國應交的貢品包茅沒按時上交，周王祭祀時供應不上，沒有東西來濾酒，你們該當何罪！這是其一。其二，當年昭王南巡，死在漢水，這是誰的責任？」

昭王南征的事，據史書記載，說的是周昭王晚年荒於國政，人民痛恨他，當他巡狩南方渡漢水時，當地百姓故意給他弄一隻用膠黏的船，船到江心解體，昭王和他的從臣皆落水溺死。

楚使面對管仲氣勢洶洶的責問，回答說：「貢品沒按時上交，是我們的罪過，怎敢不供給？至於昭王淹死的事，楚國不能負責，你最好是自己到水邊去問一問吧！」

這番應對，管仲為了給不義之師正名，首先打出「尊王攘夷」的大旗，抬出周天子，以求在聲勢上壓倒對方，雖然理由顯得滑稽可笑，但語氣卻咄咄逼人。而申述征伐理由時，儘管歷數了楚國的罪狀，但措辭卻委婉含蓄。楚使的回答則顯得進退得體，剛柔相濟，既不授人以柄，又不辱沒國格。他首先承認「包茅不入」的過錯。雖然當時周王室式微，各路諸侯已不把周天子放在眼裡，但在名義上諸侯還是周王室的臣子。所以楚使儘管內心裡不能接受管仲的指責，但表面上還得維護君臣之義。公開承認「包茅不入」的過錯，等於繼續服從周天子的權威，使得楚國變被動為主動。而「昭王南征之不復，君其問諸水濱」一句，則態度陡然轉變，由剛才的謙恭、和順變為措辭強硬，理直氣壯。這種態度剛柔的變化，表現了楚使不卑不亢，就小辭大，善於掌握分寸的外交技巧。

齊桓公見楚使態度強硬，就進軍到陘地。兩軍相持不下，從春到夏，諸侯之軍不敢進攻，楚軍也不敢前進，雙方都有戒心。

到了夏天，楚成王派大夫屈完為使者，到諸侯軍中講和，八國軍隊退到召陵駐下。齊桓公把龐大的諸侯軍隊列成陣勢，然後駕車與屈完同去觀看。在車上桓公對屈完說：「這些諸侯的軍隊並非由於我個人的關係，而是為了繼續我們先人的友誼，所以同我一起來。你們楚國也與我們建立友好關係，怎麼樣？」屈完說：「蒙您惠臨為敝國的社稷求福，接納我國國君，這正是我們的願望。」齊桓公又指著軍隊得意地說：「我用這麼多軍隊去作戰，誰能抵禦？用這樣的軍隊去攻城，什麼城攻克不了？」屈完馬上回答說：「您如果以恩德安撫諸侯，誰敢不服？但您如想憑藉武力，楚國將以方城山為城牆，以漢水為護城河，您的軍隊再多，也無濟於事。」

齊桓公既沒有打贏這場戰爭的把握，又要炫耀自己強大的武力，對此，屈完的回答可謂有理有節，凜然不屈。既表示了和平的願望，又不屈服於武力的威逼，捍衛了國家的尊嚴，最終迫使諸侯聯軍與楚國訂了盟約。從而化干戈為玉帛，避免了一場大規模的戰爭。

當然，楚國在外交上的勝利，最終靠的是國力的強大。如果國家貧弱，任你說得天花亂墜，最後也難逃挨打的命運。人們常說的「弱國無外交」，就是這個道理。

重耳政治流亡傳奇

在春秋大大小小幾百個國君中，若比歷盡世態炎涼，走盡人生坎坷，閱盡人間滄桑，都無過於一個名叫重耳的人。

重耳是晉獻公的兒子，母親是犬戎主的姪女狐姬。他是庶出，太子之位已由異母兄申生占取，另有個庶弟夷吾，兄弟之間手足情誼頗深，彼此相安無事。

天有不測風雲，一場家庭內部的權力之爭打破了重耳寧靜悠閒的生活，也由此改變了重耳人生的軌跡。禍亂緣於後宮。晉獻公討伐北方的驪戎國時，得到兩個如花似玉的女子——驪姬及其妹妹。驪姬入宮後以其妖艷的容貌和長袖善舞的手腕，緊緊攫住了晉獻公的靈與肉。很快，驪姬被立為夫人。誰會想到，當年這個像器物和牲畜一樣被饋贈的女人，日後竟會掀起一場政治上的軒然大波，致使晉國政治動盪了幾十年。

驪姬為了使自己的親生兒子奚齊獲得君位的繼承權，使盡了手段，最終迫使太子申生自縊，重耳和夷吾也遠遁異國他鄉。重耳由此開始了遙遙無期、吉凶難測的政治流亡。重耳在狐偃、趙衰、介子推等一班文武之臣的簇擁下，首先逃到了狄。由於重耳的母親是狄人，所以受到了狄國的熱情款待。狄國君主送給重耳兩個女子，重耳娶了其中的季隗，並生有二子。一晃十二年過去了，重耳此時已經習慣了這種寄人籬下的生活。可是這種偷生的日子過得並不安穩。公元前六五一年，晉獻公死後，晉國發生了內亂，奚齊和卓子先後被擁立為君，又都先後被殺。接著，夷吾在秦穆公幫助下回國做了國君，是為晉惠公。雖說原先兄弟關係不錯，但由於政治角色的變化，關係同時發生了變化。夷吾為防止重耳回國，派人到狄國行刺重耳。消息傳到狄國，重耳急忙收拾行裝，臨行前不無留戀地對季隗說：「我這一去，不知什麼時候才能回來，你等我二十五年，二十五年後我若不來接你，你就另嫁他人吧。」季隗說：「我已經二十五歲了，再過二十五年，就該進棺材了，還能再嫁嗎？」於是重耳一行倉皇逃往齊國。

重耳等人經過數日的奔走，已是人困馬乏，飢腸轆轆。遠遠望見衛國的都城，眾人頓時喜不自禁。等到風塵僕僕趕到城下時，只見城門緊閉，城頭上傳來了守城士兵的聲音：「晉公子，我們國君得罪不起晉國，您還是到別的地方去吧！」重耳聽罷，氣得七竅生煙，可又能如何呢？無奈只好忍飢挨餓繞道而行。暮色蒼茫中，他們來到了五鹿。隱隱看見一個在田裡耕種的農夫。重耳命人前去乞食，農夫先是奚落了他們一通，然後遞上一個土塊。重耳一見，不禁勃然大怒，舉鞭欲打。狐偃急忙上前勸阻道：「土是國家的象徵，有土即有國，這是上天賜給你將有國家的好兆頭。」重耳轉嗔為喜，莊重地接過土塊，雙手舉過頭頂，仰望蒼天，再三叩拜。然後，把土塊裝到車上，疾馳而去，消失在暮色中。就這樣，重耳一行飢一頓飽一頓地來到了齊國。齊桓公顯示了春秋霸主的風度，對重耳盛情款待，禮遇有加，贈之美女、車馬、廣廈。年近六旬的重耳總算結束了長達十幾年的漂泊，有了一個舒適溫暖的安樂窩。嬌妻美妾，錦衣玉食，使他漸漸淡忘了政治，泯滅了雄心，把復國報仇的大業扔在了腦後。就這樣，重耳「樂不思蜀」地在齊國逍遙了五年。此時狐偃、趙衰等人擔心重耳這樣下去，會玩物喪志，失去進取精神，便商議如何使重耳離開齊國。不料，他們的談話被重耳妻子齊姜的侍女聽到，這個侍女便把消息告訴了姜氏，姜氏怕走漏風聲，就殺掉了侍女。深明大義的姜氏一再勸重耳：「大丈夫要以天下為重，留戀妻子，安於逸樂，會消磨人的意志。」重耳還是不肯離開齊國，無奈之中，姜氏和狐偃等人設計灌醉重耳，偷偷地把他送出了齊國。重耳一覺醒來，早已離開了齊國。儘管重耳怒不可遏，但木已成舟，無可挽回了。

憤憤之中重耳一行到達了曹國。曹共公是個荒淫、無聊的傢伙，聽說重耳的肋骨與眾不同，於是趁重耳洗澡時，在外偷看。重耳一氣之下又跑到了宋國。此時宋襄公剛被楚國打敗，對重耳不能有所幫助，但還是送給重耳二十輛車馬。

重耳來到鄭國。鄭文公此時已倒向楚國，不願意接待晉人，於是他們就到了楚國。楚成王待之以上賓。在一次宴會上，楚成王問重耳：「公子要是回到晉國做了國君，用什麼來報答我呢？」重耳說：「玉石、美女你們有的是；珍奇的鳥獸、名貴的象牙，就產在你們的國土上，流落到我們晉國的，不過是你們遺棄的，我真不知拿什麼來報答您。」楚成王不肯罷休，一再追問道：「就像你說的那樣吧，不過你總得給我一點報答吧。」重耳思忖了一下說：「若託您的福能夠返回晉國的話，如果有朝一日兩國軍隊不得已在戰場相遇，我將後退三舍（相當於現在的九十里）迴避，以報答您今日的盛情，若還得不到您的諒解，就只有驅馬搭箭與您周旋一番了。」成王聽罷，哈哈大笑。不料此話惹惱了楚將子玉，子玉要殺重耳，被楚成王阻止。楚成王有心幫助重耳回國，但楚晉相距遙遠，不容他出兵相送，於是把重耳送到了秦國。

重耳到秦國時，晉國已是懷公上台。懷公在秦作人質時，秦穆公把女兒嫁給他，為懷嬴。公元前六四一年，秦滅掉梁國。梁是懷公的母舅家，秦滅梁，懷公感到自己失掉了外援，倘若惠公一死，他不一定能繼承君位。於是不辭而別，扔下妻子逃回晉國。秦穆公很生氣，就決定幫助重耳回國，並把懷嬴嫁給了他。重耳見自己回國有望，漸生傲慢之心。《左傳》記載了這樣一個細節：一次，懷嬴侍奉重耳洗漱，重耳洗畢，很不耐煩地揮手讓她走開。懷嬴生氣地說：「秦晉兩國是同等國家，你為什麼這樣對待我？」重耳這才意識到自己的無禮，連忙解去衣冠自囚，表示謝罪。公元前六三六年，秦穆公派大軍送重耳回國。秦軍很快擊敗了晉國的軍隊，並趕走了懷公。

這樣，重耳歷經十九年的流亡，終於登上了晉國的君位。四十三歲逃奔狄國，六十二歲返回晉國，十九年的大流亡，造就了一個飽經苦難、深知各國狀況、政治經驗無比老到的晉文公。此後的重耳，以其豐富的閱歷，過人的智謀膽略，勵精圖治，在風雲變幻的諸侯爭霸中，脫穎而出，一躍成為威名顯赫的一代霸主。

寒食節為什麼要禁火

寒食節是中國傳統節日，在農曆清明前一天或兩天。據傳寒食節禁火與一個叫介子推的隱士有關。

介子推，又叫介之推，是春秋時代晉國人，曾跟隨晉文公重耳流亡在外十九年。在重耳集團中，他是一個很特殊的人物，他既無運籌帷幄的智謀，也無臨陣禦敵的武功，然而，他卻以令人嘆服的道德和令人敬仰的節操，比他的同行們更加流芳百世。在有關介子推的傳說中，最為後人們津津樂道的，莫過於「介子推割股啗君」和「介子推守志焚綿上」這兩個故事。

前一個故事講的是晉文公重耳流亡途中的事。重耳率領隨從們從狄國奔往齊國，途經衛國，衛文公拒而不納，重耳等人只好繞道而行。來到一個叫五鹿的地方時，他們已是人困馬乏，飢腸轆轆。見一個農夫在田間吃飯，重耳令狐偃前去乞食，不料卻遭到農夫的一頓奚落。又行了十餘里，重耳等人飢餓難耐，就坐在樹底下休憩。眾人採摘野菜充飢，重耳眼望野菜卻難以下嚥。這時介子推手捧一碗肉湯來到重耳面前，重耳食後，感覺味道特別鮮美，便問肉從何來。介子推曰：「臣之股肉也，臣聞『孝子殺身以事其親，忠臣殺身以事其君』，今公子乏食，臣故割股以飽公子之腹。」重耳聽罷，感動得流著淚說：「吾累子甚矣！將何以報？」介子推說：「但願公子早歸晉國，以成大事，臣豈望報哉？」

後一個故事是說晉文公即位後，論功行賞，凡隨從逃亡者，人皆有賞。介子推為人狷介，他見狐偃等人居功自傲，心懷鄙薄，恥居其列，於是托病居家，甘守清貧，躬自織屨，以侍奉老母。晉文公論功行賞時不見介子推，竟無意中將他疏忽過去了。子推遂負老母奔綿上，結廬深谷之中，草木為食，抱定終身隱逸的宗旨。有人為他鳴不平，懸書朝門以詩諷喻。文公讀詩，方想起介子推曾在最艱難的時刻割股進肉，於是親往綿山訪求子推，卻找不到他的蹤跡，就派軍士在山前山後舉火焚林，想逼子推出來。火烈風猛，延燒數里，三日方息。子推矢志不移，堅不出山，最後母子相抱，死於枯柳之下。晉文公大為悲慟，撫樹長嗟，為表達懷念之情，命人伐下此樹製成木屐，以後晉文公每每想起介子推，禁不住低頭對著腳下的木屐說：「悲乎足下。」「足下」一詞即源於此，是對對方的敬稱。為表彰介子推的高風亮節，晉文公為之立祠，綿山周圍皆作祠田，並改綿山為介山，還規定在介子推死日全國禁火三日只吃冷食，以後相沿成例，於是就有了寒食節禁火的習俗。後人有詩曰：

羈紲從遊十九年，天涯奔走備顛連。
食君割肉心何赤？辭祿焚軀志甚堅。
綿上煙高標氣節，介山祠壯表忠賢。
只今禁火悲寒食，勝卻年年掛紙錢。

——胡曾〈寒食吊子推〉

雖然寒食節和介子推焚死的傳說無法考證，但它表達了人們對介子推不居功邀賞、甘居清貧的高潔情操的追慕與懷念，也體現了古人對「功成身退」這種人生理想的追求。當然，介子推割股啗君的血淋淋的忠君方式，在今天看來，難以得到人們的認同，也缺乏崇高的美感。

讀故事．學文學

先秦文學故事　上冊

編　　著　范中華
版權策劃　李　鋒

發 行 人　陳滿銘
總 經 理　梁錦興
總 編 輯　陳滿銘
副總編輯　張晏瑞
編 輯 所　萬卷樓圖書(股)公司
排　　版　鄭　薇
封面設計　鄭　薇
印　　刷　百通科技(股)公司

發　　行　昌明文化有限公司
桃園市龜山區中原街32號
電　　話 (02)23216565
傳　　真 (02)23218698
電　　郵
SERVICE@WANJUAN.COM.TW
大陸經銷
廈門外圖臺灣書店有限公司
電　　郵
香港經銷
香港聯合書刊物流有限公司
電　　話(852)21502100
傳　　真(852)23560735

ISBN 978-986-91874-0-4
2016年1月初版二刷
2015年8月初版一刷
定價：新臺幣250元

如何購買本書：
1.劃撥購書，請透過以下帳號
帳號：15624015
戶名：萬卷樓圖書股份有限公司
2.轉帳購書，請透過以下帳戶
合作金庫銀行古亭分行
戶名：萬卷樓圖書股份有限公司
帳號：0877717092596
3.網路購書，請透過萬卷樓網站
網址 WWW.WANJUAN.COM.TW
大量購書，請直接聯繫，將有專人為您服務。(02)23216565 分機10

國家圖書館出版品預行編目資料

先秦文學故事 / 范中華編著.
-- 初版. -- 桃園市 : 昌明文化出版 ;
臺北市 : 萬卷樓發行, 2015.08
冊 ;　公分. -- (讀故事.學文學)

ISBN 978-986-91874-0-4(上冊 : 平裝)

820　　104008693